빨간 기와집 가족들

수우당 수필선 001

빨간 기와집 가족들

서영수 수필집

수우당

삶의 그리운 순간

유년의 추억들이 손에 잡힐 듯 가깝다. 개나리의 금빛 조잘거림이 그립다. 천주산 등성이를 물들인 진달래의 연분홍 자태는 시집가던 누나처럼 곱다. 철길을 따라 핀 연둣빛 보리 알이 탱글탱글 여물어 가던 늦은 봄날이 잊히지 않는다. 추억의 꽃잎을 따는 봄날의 한 허리를 베어내고 싶다. 아득한 봄날에 얽힌 이야기가 여럿이나 되는 것도 순전히 계절 탓이다.

코끝이 찡한 수필 한 편 남기려 애를 쓴다. 찔끔찔끔 눈물을 흘리면서도, 한편으로는 슬며시 미소가 지어지는 작품 말이다. 그것이 어찌 쉬운 일일까마는 북산에 살던 '우공愚公'의 가르침을 본받고 있다. '봉래蓬萊' 선생이 던져준 시조 한 수를 외우며 각오를 새롭게 다진다.

아직은 설익은 작품이지만 두려움과 설렘을 안고 세상에 내놓는다. 어린 시절의 추억들이 단 한 분에게라도 의미가 되었으면 좋으련만 오히려 부끄럽고, 한편으로는 걱정스러운 마음 가득하다.

격려와 용기를 보내주신 분들께 감사의 말씀을 올립니다.

2019년의 늦은 봄날, 북면 서재에서

서 영 수

[차 례]

1. 봉오재 풍경

2. 카르멘의 변명

4. 별이 된 친구를 그리며

1
봉오재 풍경

국화 옆에서

국향(菊香)이 여문다. 상큼한 하늘을 품은 가을은 푸른 물을 뚝뚝 떨어뜨릴 기세다.

울타리를 따라 피어난 노랑, 하양, 보라, 빨강의 국화가 무지개를 만든다. 앙증맞은 자태로 미소 짓는다. 손톱만큼이나 작은 꽃망울들이 한들한들 춤을 춘다. 주먹보다 커다란 대국은 금빛 웃음을 터뜨린다. 빨강에서 흰색으로 이어지는 그러데이션의 꽃송이는 마술의 정수다. 향긋한 향기는 어머니의 체취를 닮았다.

국화는 그 쓰임새가 다양하다. 꽃잎을 베개 속에 넣으면 숙면에 들게 하고, 두통이 없어져 정신이 맑아진다고 한다. 차로 마시면 갈증을 없앤다. 위장을 편안하게 하는 효능이 있다고 하여 찾는 사람이 많다. 애주가는 술을 담아 마신다. 계절에 따라서는 국화

전, 국화죽 등 별식의 재료로도 이용한다. 어머니는 미닫이문을 장식하는 재료로 사용했으니 국화의 효용 가치는 나의 상상을 뛰어넘는다.

진한 국화 향기에 정신이 아뜩해질 무렵이면 어머니에게는 중요한 과제가 기다리고 있었다. 겨울을 나기 위해 방문의 창호지를 교체하는 일이었다. 일은 생각만큼 간단하지 않았다. 손가락으로 숭숭 뚫어 놓아 너저분해진 한지를 뜯어내고, 종이와 밀가루 풀이 말라 붙어 울퉁불퉁해진 문살을 매끈하게 다듬어야 했다. 잔손질이 많이 필요했기에 여간 성가신 작업이 아니었다. 작은방에는 두 개의 미닫이문이 있었지만, 큰방에는 네 개가 있었던 것으로 기억한다. 그 문짝을 하루 만에 처리하기 위해서 부지런히 몸을 놀려야 했다.

기억도 희미한 어린 시절이다. 그날은 무슨 까닭인지 알 수 없지만, 어머니의 미닫이문이 예쁘지 않았다. 아무리 보아도 새 옷으로 갈아입은 문이 아니었다. 때 묻고, 구겨진 옷을 입혀 놓은 것 같았다. 지난 봄에 사용하고 남은 쭈글쭈글한 한지를 그대로 사용한 탓인지 종이를 자른 단면이 톱날처럼 터덜터덜했다. 색깔도 빛을 잃어 자꾸만 눈에 밟혔다. 기하학 문살 사이에 붙어 있는 국화 이파리는 빛바랜 한지를 덧댄 탓에 칙칙한 문을 더욱 볼썽사나운 모습으로 바꾸어 놓았다. 봄이면 빨간 동백꽃이나 곱디고운 연분홍 진달래꽃으로 멋을 내셨고, 찬바람이 이는 가을이면 국화의 진녹색 잎사귀나 노란 꽃잎을 따서 멋진 분위기를 연출하셨던 분인데 말이다.

한지를 바를 때의 정성이 부족했다는 생각밖에 들지 않았다. 수고로움이 모자랐다는 느낌을 지울 수 없었다. 수십 년 동안 창호지를 발라 온 솜씨라는 생각이 조금도 들지 않았던 것이다. 교만한 생각이 코브라의 대가리 마냥 고개를 쳐들자 나도 모르게 어머니에게 몹쓸 타박을 날리고 말았다. 순간, 어머니의 얼굴에서 웃음이 사라졌다. 저녁상을 차려도 '배부르게 먹어라' 라는 말씀을 하지 않으셨다. 옷을 갈아입으라, 공부하라는 말씀도 없으셨다. 인자하시던 그 모습은 어디로 사라졌는지 냉랭한 기운만 온 집안을 휘감았다. 그때서야 말과 행동이 경솔했다는 것을 알았으나 이미 엎질러진 물이었다.

미닫이문이 예쁘지 않은들 누가 나무라겠는가. 더욱이 문살에서 너덜너덜해진 한지를 뜯어내는 일이 쉬울 리 없었을 것이다. 딱딱하게 굳어진 밀가루 풀은 칼로 긁어야 했고, 뜨거운 물에 적신 수건으로 불리는 작업이 어찌 만만했을 것인가. 한나절의 수고로움을 자식에게서나마 위안을 얻고자 했을 터인데 오히려 핀잔만 들었으니 이만저만하게 속이 상하신 것이 아니었다. 보리밥을 먹을지언정 자식 입에 밥 들어가는 모습에 기뻐하고, 북풍한설을 막아 자식을 추위에서 보호하고자 했던 마음이 절망의 나락으로 떨어졌으니 어쩌면 가정을 돌보지 않은 남편보다 더 미웠을 것이다.

돌이켜 보면 어머니의 삶은 끝없는 한의 연속이었다. 세상 물정 모르던 꽃다운 나이에 철없는 남편을 만나 밤마다 가슴앓이하며 지새야 했다. 곧이어 터진 6·25 한국전쟁은 피난살이의 서러움을 안겨주었다. 국화꽃보다 더 고왔던 얼굴은 마녀의 시샘을 받았던지 적군이 묻어놓은 지뢰를 밟은 탓에 얼굴과 팔, 허벅지 살을 한 주먹씩이나 떨어뜨리며 삶과 죽음의 경계를 넘나들어야 했다. 머리에 박힌 파편으로 인해 들국화가 만발한 들판을 피로 적셨으니 그 아픔이 어떠했을지는 상상조차 할 수 없다.

　국화꽃만큼이나 예쁘고 싶은 여인의 마음을 남편인들 알았을까. 자식이라 한들 짐작이나 할 수 있었을까. 허기지고, 심약해진 탓에 달빛이 홀연히 내릴 때면 오두막 옆 보리밭을 넋 나간 사람처럼 헤매고 다닌 적이 한두 번이 아니었다. 밖으로만 돌았던 남편 탓에 어린 자식의 허기를 면하게 하는 일도 벗어 버릴 수 없는 멍에였다. 무겁디무거운 젓갈 동이를 이고 골목골목을 외치며 절망을 희망으로 바꾸어야 했으니 양어깨를 짓누른 삶의 무게는 신의 저울만이 가늠할 수 있을 것이다.

　오늘, 국화 옆에서 십수 년이라는 긴 긴 세월 동안 중풍이라는 몹쓸 병으로 고통받으셨던 어머니를 생각하니 지난날의 회한이 가슴을 친다. 가슴 가득한 설움을 훌훌 털어버리지 못하고 떠나가신 어머니가 새삼스럽게 그리운 것이다. 잘못을 빌고 또 빌었던 탓에 어머니께서 마음을 돌리셨지만 돌이켜보니 벌써 40년도 훨씬 더 지난 세월이 되고 말았다.

창호지를 붙이면서 낄낄거리던 그 날을 그린다. 서정주 작시, 이호섭 작곡의 「국화 옆에서」를 듣는다. 사장조, 4분의 3박자, 못갖춘마디에 의한 서정성 넘치는 주제 가락과 드라마틱한 절정 탓에 가슴 뭉클한 감정을 억누르기 쉽지 않지만 철모르던 시절에 보았던 어머니 얼굴을 떠올려본다. 환한 미소, 국화꽃 향기 같은 어머니의 체취를 느껴보고 싶은 것이다.

봉오재 풍경

봉오재. 지금은 흔적조차 찾을 수 없는 고개지만 창원시 마산회원구 회원동과 석전동의 경계에 있는 '석전사거리'라고 말한다면 모를 사람이 없다. 그 옛날에는 대구나 진주, 함안 등지에서 마산으로 넘어오는 유일한 관문이었다. 삐거덕거리던 달구지의 길, 등짐 진 보부상의 고개가 전설처럼 아련하다. 알알이 맺힌 포도송이처럼 아랫목에서 듣던 봉오재의 얘기가 새삼스레 그리워진다.

유년 시절을 봉오재에서 살았던 나는 봉오재를 고개라고 생각해 본 적이 한 번도 없다. 봉화산과 반월산 줄기를 이어보면서 조선의 장꾼들이 내뿜었을 거친 숨소리를 짐작할 뿐이다. 재를 넘나들던 주인공은 누가 뭐래도 소달구지였다. 느릿한 황소걸음은 농부의 회초리 한 자락에 엉덩이를 씰룩였다. 황금색 똥을 한 무더기씩 퍼질러 놓았고, 탈것에 대한 갈증을 말끔히 없애주었다. 신작로를 달리는 달구지의 덜컹거림이 좋았다. 좌우로 흔들리는 느낌이 신기했기에 봄날, 춘향을 그리는 이도령 마냥 목 빠지게 기다리는 날도 있었다. 뽀얀 먼지를 일으키며 달려온 트럭에는 깃털보다 가볍다는 여자의 마음보다, 여름날의 숙주나물보다 더 빨리 변했다. 트럭의 꽁무니에 매달리자마자 달구지의 고마움을 까마득하게 잊은 것이다.

선술집은 고갯마루에 자리했다. 곳곳에 판자가 떨어져 나가고, 뽀얀 먼지를 뒤집어썼지만, 주인의 손길은 무심했다. 장사꾼이나 길손들이 한 잔 술로 목을 축이는 간이주점이라 곱게 분을 바른 색시도 들이지 않았다. 술이라고는 짙은 밤색의 항아리에 담긴 막걸리가 전부였다. 간혹 눈이 부리부리하고, 구릿빛 얼굴을 한 사내가 투박한 장의자에 걸터앉아 막걸리를 한 사발 쭉 들이켰다. 트림이라도 할라치면 시큼 달콤 텁텁한 냄새가 코를 찔렀다. 손가락으로 쭉 찢은 배추김치는 시큼씁쓸한 군내를 주점 밖까지 날려 보냈다. 앞서거니 뒤서거니 걷는 봉오재에는 누른 황소울음이 함께 따랐다.

봉국사는 봉오재 위쪽에 앉아 있었다. 그렇게 넓지 않은 마당은 부지런한 스님 덕분에 언제나 깨끗했다. 봄이면 눈부시게 새하얀 목련이 눈동자로 날아와 가슴에 앉았다. 탐스러운 모습과 순결한 색깔에 숨 막힐 지경이면 절집마당은 동네 머슴애들의 놀이터로

변했다. 그래도 스님께서는 얼굴 한 번 찡그리지 않았다. 오히려

"어허, 이놈들, 다치면 어쩌려고."

하시며 헛기침을 하셨다. 밤이면 유장하게 흐르는 미리내를 따라 청아한 독경 소리 밤하늘을 휘감았다.

절집 아래에는 나와 동갑인 종열이가 살았다. 우람한 몸집 탓에 어지간한 바위는 거뜬하게 들어 올릴 수 있는 소년장사였으나 힘자랑을 하지 않았다. 유세를 부릴 줄도 몰랐다. 우리는 툭하면 봉오재를 쏘다녔다. 나무총을 만들어 쏘면서 악을 물리쳤다. 봄이 오는 길목이면 삘기를 뽑았고, 찔레의 여린 순은 별미를 안겨주었다. 개망초 서러운 꽃이 하얗게 피면 뻐꾸기 울음은 더욱 구성졌다. 보리피리 소리는 감꽃을 불렀다. 집 마당을 깨끗하게 쓸어 맞이한 감꽃은 광야에서 먹었다는 만나처럼 반가웠다. 연노랑의 감꽃으로 목걸이를 만들고, 팔찌를 만들면 가슴이 해바라기처럼 활짝 피어났다. 단맛과 떫은맛을 함께 안겨주는 감꽃 맛에 빠져 한동안 헤어나지 못했다. 풋감이 꼭지에서 빠지는 날이면 침시를 맛볼 수 있었다. 따뜻한 소금물에 담가놓으면 간간하고 달짝지근한 먹거리가 되었다.

봉오재의 가장 큰 전설은 누가 뭐래도 당산나무였다. 삶의 햇수를 짐작하기 어려울 만큼 오래된 고목에는 신령이 강림하여 머문다고 믿었다. 많은 사람이 소원을 빌었고, 무사 안녕을 기원했다. 몸통에는 색동을 둘렀다. 가지마다 색색의 깃발이 휘날렸다. 바람

이 세차게 부는 날이면 깃발 우는 소리에 머리끝이 곤두섰지만 아무도 그것에 대해 말하지 않았다. 나무를 다치게 하면 목신이 노하여 몹쓸 병에 걸리거나 집이 망한다는 소문에 모두가 쉬쉬했다. 행여 태풍이 불어 나뭇가지라도 부러지면 그것을 주워 밑둥치에 올려놓는 것이 전부였다. 당산나무 옆에는 오래된 정문(旌門)이 있었다. 하늘을 뒤덮은 나뭇가지로 인해 온종일 습한 기운이 가득했다. 한낮에도 음침하고, 으스스한 기분이 들어 정문 부근으로는 얼씬하지 않았다. 오고 가는 길손에게 자랑거리였으나 눈여겨보지 않으면 존재조차 알 수 없었다. 어느 날인지 알 수 없다. 길을 넓히고 포장을 한다는 구실로 당산나무가 베어지고 말았다. 정문도 행방이 묘연해졌다. 주저리주저리 열리던 전설 하나가 허무하게 사라지고 만 것이다.

구슬픈 상여소리에 봉오재가 함께 울었다. 요령 소리는 파란 하늘가에서 범나비 되어 맴돌았다. 꽃상여를 맨 장정들의 느릿한 걸음이 재를 넘을 때, 한 여자가 자지러지며 꽃상여를 부여잡았다.

"못 가오, 못 가오, 나를 두고는 못 가오."

한 많은 이별가를 부르짖을 때, 길가의 사람들도 눈시울을 붉혔다. 이승의 한이 얼마나 사무쳤으면 숨을 거두면서도 눈을 감지 못했다는데 살 만큼 살았다고 했다. 겨우 사십을 넘겼을 뿐인데 원통하지도, 절통하지도 않다고 했다. 잘난 사람도, 가진 사람도, 지위가 높은 사람도 살아서는 갈 수 없는 곳이라고 말하는 사람도 있었다. 이해할 수 없는 말이었지만 눈물이 핑 돌았다.

그 외롭고 서러운 저승길을 봉오재는 말없이 보냈다. 상주의 울음소리는 애를 끊었다. 까마귀 구천을 날고, 검은 만장의 행렬은 붉은 흙을 밟는 무리였다. 상여는 까닭 없이 가다가 멈추기를 반복했다. 오르막이라고 서고, 징검다리를 만나도 앞으로 나아가지 않았다. 저승 가는 길이 하도 멀고 험하여 노잣돈 없이는 발걸음이 떨어지지 않는다고 했다.

노랫가락이 구성졌다. 목 놓아 슬피 우는 상주의 울음소리에 따라 주책없이 눈물이 뚝뚝 떨어졌다.

"이제 가면 언제 오나 오실 날이나 일러 주오"

"어호 너하 어거리 여차 너어호"

꽃상여를 맨 상여꾼의 앞소리와 뒷소리에는 차라리 귀를 닫고 싶었다. 망자가 걸을 구천의 길은 또 얼마나 원통할까 싶어 자꾸만 서산 하늘을 쳐다보았다. 그러나 이제는 다 지난 일, 느릿한 황소의 금빛 울음이 저녁놀 속으로 사라지던 봉오재 풍경이 그리워진다.

1
봉오재 풍경

지폐 한 장

  섣달그믐이 가까워지면 생각나는 사람이 있다. 낡고 구겨진 지폐 한 장에 얽힌 성가대 어머니다. 그 겨울밤의 한 토막이 새록새록 그리워진다.

  마리아 수녀님의 두 손이 벌겋게 변했다. 문틈을 비집고 들어온 칼바람은 오르간을 타는 늙은 수녀님조차 가만두지 않았다. "바늘구멍에 황소바람 들어온다."라는 속담이 꼭 들어맞는 밤이었다. 그렇다고 성가 연습을 멈출 수 없었다. 거친 발성을 다듬고, 쭉쭉 늘어진 가요풍의 성가를 경건한 분위기로 바꾸어야 했다. '점점 세게'와 '점점 여리게'에 이어서 '여리게'와 '세게'의 대비를 몸으로 체득시켰다. 옆 사람의 목소리를 들으며 둥글둥글한 음을 만들도록 훈련의 강도를 높여나갔다. 집으로 돌아가는 시간은 나날이

늦어질 수밖에 없었다.

무학산을 미끄럼 타듯 내려온 모래바람이 얼굴을 할퀴었다. 눈을 뜨기가 쉽지 않았다. 가뜩이나 구부린 허리를 더욱 숙여 걸었지만, 하루가 다르게 발전하는 성가대를 생각하면 북풍한설쯤은 아무것도 아니었다. 이때였다. 길모퉁이를 돌아서는 귓바퀴를 타고 나지막한 여자의 음성이 들렸다.

"지휘자 선생님"

야심한 시간에 나를 부르는 사람이 누굴까. 수녀님은 이미 수녀원에서 휴식을 취하고 있을 시간이었다. 성가대원이라고 해도 따뜻한 아랫목에서 등을 지지고 있을 시간이었기에 긴장이 되었다. 호기심을 안고 소리 나는 방향으로 고개를 돌렸다. 어둠 속에서 중년의 여인이 시린 손을 비비며 초조한 낯빛을 하고 있었다. 베로니카라는 세례명을 가진 어머니였다.

그녀는 성가대원 중에서도 연세가 많은 편에 속했다. 몸이 야위었으나 성가 연습 때마다 알토 파트를 맡아 열심히 노래했다. 삶에 쫓기다 보니 성당 내에서도 중요한 직분을 맡을 시간이 없는 듯했다. 음악에 재능이 뛰어난 것도 아니었다. 오로지 온화한 미소를 지으며 노래 부르는 것에 열중했다. 경건한 분위기가 온몸을 감싸고 있는 느낌이었다. 어쩌다가 눈길이 마주치기라도 할라치면 자애로운 미소, 평온한 얼굴로 용기를 보내주셨다. 그런 분이 암흑 속에서 칼바람을 맞으며 나를 기다리고 있으니 그 사연이 궁금하

지 않을 수 없었다. 어떤 이야긴지 두근거리는 가슴을 진정시켜야
했다.

그녀는 쉬 말문을 열지 못했다. 미안한 마음을 전하거나 부탁
같은 것을 할 때 짓는 표정을 하고 발을 동동거렸다. 그런 그녀가
내 앞으로 바짝 다가서더니 얼음같이 차가운 손을 내밀어 살며시
손을 잡는 것이었다.

"우째 이리 날씨가 매섭습니꺼. 택시 타고 가이소."

부끄러운 듯이 지폐 한 장을 내밀었다. 낡고 구겨진 1,000원짜
리 한 장을 보자 눈물이 핑 돌았다. 정신이 아뜩해졌다. 성당에서
그리 멀지 않은 회산다리 부근에서 노점상을 하는 까닭에 여윳돈
이 있을 리 만무한 분이었다. 변변한 옷 한 벌이 없어 언제나 낡은
옷을 입고 다니시는 어머니였다. 그런 처지의 당신께서 자신의 고
단함을 숨기고, 고이 간직했던 지폐 한 장을 내어 주셨으니 순간
적으로 침묵에 쌓일 수밖에 없었다. 자식 같은 청년이라 생각했기
에 꼬깃꼬깃 감추어 둔 지폐를 아낌없이 내놓은 것이라는 생각이
들었지만, 감히 받을 수가 없었다. 몇 번이나 손사래를 치며 사양
했다. 지폐를 다시 돌려 드리려 애썼지만, 한사코 받아야 한다며
억지를 부리셨다. 그래야 당신의 마음이 편하다는 말씀에 끝까지
거절할 수가 없었다.

성가대 지휘자 직분을 수락하면서 보수를 받지 않기로 약속했던
것이 불과 2년 전이었다. 성모님을 알현할 때마다 1원짜리 하나도

욕심내지 않으리라 다짐하고 또 다짐했다. 나의 음악적 재능이 필요로 하는 사람이 있다면 되돌려주어야 한다는 믿음뿐이었다. 그랬기에 1,000원짜리 지폐 한 장에 얼굴이 화끈 달아올랐다.

버스를 탔다. 지폐 한 장이면 집에까지 가는 택시비를 내고도 자투리가 남을 금액이지만 차마 그 돈을 사용할 수가 없었다. 적어도 집안에 필요한 생필품 한두 가지를 살 수 있는 돈이었기에 함부로 쓸 수가 없었던 것이다. 그 돈을 벌기 위해서 얼마나 많은 시간을 추위와 싸웠을 것이며 짓궂은 사람들과는 또 얼마나 실랑이를 벌였을까를 생각하니 나도 모르게 설움이 북받쳐 올랐다.

당시 월세를 걱정해야 했던 나는 수 킬로미터의 거리는 예사로 걸어 다녔다. 몇만 원에 불과한 연립주택 월부금이 일 년이 넘도록 밀려 나가도 납부할 형편이 되지 못했다. 아버지의 퇴직과 동시에 생계가 막막해진 어머니는 냉동 일을 하러 나섰지만 적은 수입으로는 집안에 필요한 생필품을 사는데도 턱없이 모자랐다. 한 달이 넘도록 돼지고기 한 근은 고사하고, 고등어 한 마리도 살 형편이 되지 않았다. 당장에 사용해야 할 화장지며 비누, 치약이 떨어져도 그것을 사기까지는 많은 고민을 했다. 방은 불이 꺼져 있기 일쑤여서 항상 컴컴했다. 매일같이 두어 시간의 근로를 통해 수업료를 면제받았지만, 대학을 다니는 그 자체가 사치라면 사치에 속했다. 미팅이라는 단어는 애당초 생각지도 않았다. 이런 형편이고 보니 1,000원짜리 한 장을 호주머니에 넣고만 다녀도 배부르게 하는 보물이나 다름없었다.

손을 씻거나 세수를 하고 난 뒤에는 습관처럼 지폐를 만졌다. 옷을 갈아입고 난 뒤에도 마찬가지였다. 그럴 때마다 호주머니의 지폐는 땀에 젖어 헤져갔다. 지폐가 눅눅해지면 책갈피에 넣어 말렸다. 구겨지고, 보푸라기가 일면 다림질을 했다. 그렇게 봄이 오고, 녹음이 짙어갈 무렵까지 간직했던 1,000원짜리 지폐는 세탁비누를 산다는 구실로 떠나보내야 했는데 가슴이 텅 비는 듯한 느낌이었다. 지독한 공허함에 몇 날을 빈 호주머니만 뒤적이며 지내야 했다. 보내지 말아야 할 사람을 떠나보낸 것처럼 외로움을 삼키며 가슴앓이를 했던 것이다.

지금도 가끔 그 성당 부근의 길모퉁이를 지날 때가 있다. 사무 볼 일이 없고, 친구를 만날 장소도 아니지만, 그날의 온기를 느껴보기 위해서다. 어디선가 불쑥

"지휘자님"

하고 불러 줄 것만 같다. 그때로 돌아갈 수만 있다면 가냘팠던 두 손에 지폐 한 장을 안겨주고 싶다. 보고 싶었다고 말해주고도 싶다. 30여 년 전, 섣달그믐날 밤의 일이다.

빨간 기와집 가족들

한옥에 살았다. 주황색 기와로 이은 낡은 집이었으나 사람들은 빨간 기와집이라 불렀다. 널따란 마당에는 색색의 꽃들이 무지개를 피워냈다. 무시로 드나드는 이웃들의 수다는 시나위의 향연보다 더욱 다채로웠다.

기와집의 주인은 어머니보다 연세가 많았다. 뽀얀 얼굴은 분을 바르지 않아도 기품이 넘쳤다. 말수가 적은 탓에 선뜻 다가서지 못할 엄숙함을 풍겼다. 일제 강점기와 한국전쟁을 겪으면서 굳어진 모습이라고 했다. 어른들의 어깨너머로 설핏 들은 이야기다.

주인집 안방에는 14인치 남짓한 흑백텔레비전이 있었다. 마음이 있어도 아무나 가질 수 없는 물건이었다. 텔레비전 수상기는 방안에서나 볼 수 있을 정도로 화면이 작았다. 음량도 귀를 기울여야 겨우 들을 수 있을 정도였지만, 미지의 세계를 탐험할 수 있는 유일한 수단이었다. 땅거미가 내리면 약속이나 한 듯이 주인집 축담 아래에서 서성거렸다. 안방 미닫이문이 슬며시 열릴 때까지 공연히 헛기침을 내뱉으며 무언의 압박을 가하기도 했다. 자리는 대체로 정해져 있었다. 나이 많은 어른이 텔레비전과 가까운 마루에 앉았고, 연배일 때는 이사를 일찍 들어온 순으로 자리를 차지했다. 아이들의 자리는 애당초 존재하지 않았다. 어른들 사이에서 목을 빼거나 평상귀퉁이를 차지하는 것이 전부였다. 어쩌다 까까머리를 들이밀다 화면을 가리기라도 할라치면 토실토실한 꿀밤이 매섭게 날아들었다.

연속극 '여로'는 잠시도 화면에서 눈을 떼지 못하게 했다. 이웃의 생각을 하나로 묶어 주는 역할을 했다. 홀어머니와 어린 동생들을 데리고 끼니를 걱정해야 하는 여주인공 분이의 이야기에 안타까움과 한숨을 자아냈다. 정신미약자인 남편 때문에 혀를 찼고, 한숨을 쉬었다. 하녀 같은 생활을 할 때면 누가 먼저랄 것도 없이 손가락질을 하며 분한 마음을 삭였다. 아들을 낳자 장하다고 무릎을 치며 좋아했다. 시어머니와 시누이의 중상모략에 소박을 맞고 쫓겨날 때는 어른, 아이 할 것 없이 눈가에 번지는 이슬을 소매로 훔쳤다.

빨간 기와지붕을 이고 사는 가족들의 생활방식은 너무나 달랐다. 우리는 본채의 방 한 칸과 아래채의 방 하나를 얻어 월세를 살았다. 아래채에는 우리 말고도 세 가구가 더 살았다. 본채에 딸린 기역자의 방에도 두 가구가 살았다. 모두가 순박한 이웃사촌이었다.

아래채의 바구네는 여섯 식구가 단칸방에서 살았다. 매일같이 참깨를 볶았지만, 삶에 절도가 있었다. 공사판을 전전하며 막노동을 하는 아저씨는 가난을 부끄러워하지 않았다. 배움의 열기가 숯가마보다도 더 뜨거웠기에 틈만 나면 고전을 읽었다. 영어를 알아야 외국 사람과 소통할 수 있다며 손에서 영한사전을 내려놓지 않았다. 가끔은 내게도 단어나 숙어를 물었는데 그때마다 얼굴을 붉혀야 했다. 부지런히 모은 조간신문은 역사서가 될 것이라며 튼튼한 궤짝에 보관했다.

가운데 방에 사는 젊은 남자는 툭하면 술을 마셨다. 그런 날이면 여자의 자지러지는 외마디 비명이 밤하늘을 갈랐다. 고통을 호소하는 처절한 신음은 푸른 새벽마저 두렵게 만들었다. 하고많은 날을 저렇게 살아도 되나 싶었지만, 아침이면 퍼렇게 멍든 얼굴을 감추며 조반을 지었다. 사나흘만 지나면 웃음소리가 미닫이문을 박차고 나왔다. 어른들만 알 수 있는 불가사의한 일이었다.

본채 정지를 사이에 두고 기역자로 꺾어진 방에는 금슬지락(琴瑟之樂) 부부가 살았다. 말쑥한 옷차림에 미소 띤 얼굴을 한 남자는 시계수리공이었다. 자상한 말씨와 세련된 몸가짐은 뭇 여성들의 가슴을 설레게 했다. 나이의 많고 작음은 문제가 되지 않았다.

근동에 사는 여자들치고 그가 파는 중고시계 하나씩 구매하지 않은 사람이 없었다. 그의 아내는 늘 이웃의 입방아에 오르내렸다. 나팔바지를 어찌나 꼭 끼게 입든지 적나라한 도끼 자국에 혀를 찼다. 두두룩한 몸매 탓에 애꿎은 조개만 욕을 먹었다.

마당 한가운데 있는 우물은 여름날이면 냉장고로 쓰였다. 땀 흘린 남정네의 셔츠를 벗어 던지게 만들었다. 수북한 겨드랑이털이 옆집 처녀의 눈동자에 걸려도 개의치 않았다. 발그스레 붉어진 얼굴을 돌릴 때에도 찬물 한 바가지를 끼얹으며 가쁜 숨을 토해냈다. 여자들은 야심한 밤중에 목물을 끼얹었다. 얇고 헐렁한 블라우스와 치마 속으로 찬물을 끼얹으며 오르가슴을 만끽할 때, 눈썹달은 아니 본 듯 실눈을 떴다.

강남에서 돌아온 제비는 처마 밑에 둥지를 틀었다. 금과 은, 진귀한 보화를 쏟아낼 박 씨앗은 나 몰라라 했다. 몇 번의 소나기가 지나고, 녹음이 짙어질 때면 알을 깬 새끼들이 노란 주둥이로 먹이를 재촉했다. 하얀 똥을 퍼질러 놓는 횟수도 늘어갔다. 참새는 봉화산에서 날아와 질펀한 수다로 아침을 열었다. 쌀 한 줌을 흩어주면 앙증맞은 자태로 우주를 쪼았다. 가까이 다가가기라도 할라치면 날개를 퍼덕이며 흥분했다.

"그만 와, 거기 멈춰"

홍매화의 부끄러운 미소를 따라 봄 처녀의 걸음걸이 사뿐사뿐 가벼웠다. 아지랑이가 피어올라 아뜩해 질 무렵이면 천리향 꽃냄새가 황금빛 봄날을 눈부시게 만들었다. 천리마가 없어도 이역만리 날았다. 백일홍의 둥근 꽃송이를 따라 채송화, 봉숭아, 맨드라미, 장미, 분꽃, 함박꽃이 부풀 대로 부푼 밤이면 화원은 꼬마 천사들의 놀이터로 변했다. 나무 뒤에 숨고, 아래채 구멍 뒤에 숨고, 꽃그늘에도 숨었다. 빨간 장미는 뾰족한 가시를 앞세웠다. 붉은 향기에 취한 탓에 아픈 줄 몰랐다.

밤하늘을 가로지르는 별똥별을 보면서 손가락을 걸던 때가 어제처럼 선명하다. 동화 속의 한 장면이 슬며시 가슴을 파고든다. 은하수 여울에는 금강석 잔물결이 일고, 금빛 물고기 뛰어노는 푸른 강물엔 견우와 직녀를 이어주는 하얀 쪽배가 간다. 앞산만큼 컸던 지난날의 꿈이 콩알만큼이나 작아진다.

지금도 눈앞에 선한 40여 년 전, 빨간 기와집 가족들의 이야기가 알알이 열리고 있다.

친구를 위한 기도

친구 아내로부터의 문자다. 얼마나 마음이 다급했던지 맞춤법이 틀리다. 이가 빠진 것처럼 군데군데 글자가 생략되어 있다. 한 글자, 한 문장에 새겨진 사연이 생인손을 앓는 것만큼이나 아리게 만든다.

한 화면에 다 담지 못한 사연에는 친구의 근황이 담겨있다. 육신의 피로와 갑자기 부닥친 경제적 어려움으로 인하여 우울증 진단을 받았다는 내용이다. 병가를 내어 통원치료를 받고 있지만, 증세가 심한 탓에 좀처럼 회복될 기미가 보이지 않는다고 한다. 대부분의 우울증 환자가 그렇듯이 잠을 이루지 못하고, 식욕이 없단다. 온종일 불안하고, 초조한 탓에 아무도 만나고 싶어 하지도 않는다. 자식이나 아내와의 대화조차도 귀찮아 여긴다. 까닭 없이 화가 나고, 분노가 치밀어 올라 당장이라도 죽고 싶다고 하니 직장에서도 뾰족한 방도가 없어 난감한 모양이다.

35년 전, 대학에서 처음 만난 친구는 형편이 넉넉하지 못했다. 학비는 숙부의 도움을 받았다. 책값과 용돈은 스스로 벌어야 했다. 그 흔한 미팅조차 생각지 않았다. 연분홍 벚꽃이 휘날릴 때는 도서관에서 미래를 설계했고, 떨어지는 낙엽을 바라보면서 책장마다 알알이 박힌 꿈을 여물게 했다. 그 열정이 헛되지 않았던지 졸업을 앞둔 그해, 최초로 시행된 도 단위의 사립학교 중등교원 임용시험에 당당히 합격했고, 졸업 전에 발령장을 받았다. 전국적으로 교원수급 문제가 발생하여 시·도교육청에서 실시하는 공립학교 중등교원임용시험이 없어졌는데도 불구하고 말이다.

신혼 시절에는 전세금을 털어 부모님의 빚을 갚았다. 결혼 전부터 모아 두었다는 아내의 비상금도 남김없이 넘겨드렸다. 단칸방에서 아이 둘을 키우며 살았지만, 불평 한마디 없었다. 모를 심는 유월이면 논으로 들어갔고, 단감이 익어가는 계절에는 감 수확에 구슬땀을 흘렸다. 취직했다는 소식을 전해 듣고 시도 때도 없이 찾아오는 친구들의 접대에도 소홀함이 없었다. 그랬기에 소주 한잔을 마셔도 마음 편하게 마주할 수 있는 벗이었다.

호사다마(好事多魔)라고 했던가. 어느 날, 누님 내외가 사업을 한답시고, 3억 원이 넘는 거액의 보증을 요구한 것이다. 마음이 심란했던 탓인지 친구 부부는 밤이 깊었음에도 현관문을 두드렸다.

보증 이야기를 끄집어내면서 혈육인 누님의 부탁이라 어떻게 해야할지 막막해했다. 쌀밥을 먹어도 옛날에 먹던 보리밥보다 거칠고, 물을 마셔도 익모초보다 더 쓰다고 했다. 무엇보다 형편이 넉넉하지 못한 누님에게 10여 년간 얹혀살면서 중·고등학교와 대학을 다녔던 탓에 거절하기가 몹시 난처한 처지였다.

주유소를 인수 하겠다는 누님의 계획은 주먹구구식이었다. 사진으로 보는 주유소는 오랫동안 영업을 하지 않아 낡았고, 군데군데 파손된 곳도 있었다. 차량의 통행량이 많지 않은 변두리에 자리한 까닭에 휴업 중인 상태였다. 거기다가 부채까지 있다고 하니 필시 누군가의 꾐에 빠져 전후 사정을 살피지 못한 느낌을 지울 수가 없었다. 그렇기에 조목조목 이유를 대며 친구를 설득했다. 하지만 한 달만 지나면 모든 것이 깨끗이 해결된다고 날만 새면 조르는 누님을 차마 그냥 돌려보낼 수 없어 보증서에 도장을 찍었는데 사흘도 지나지 않아 부도가 나버린 것이다.

법원으로부터 청천벽력 같은 문서가 날아들었다. 오 년 동안 최저 생계비를 제외한 월급을 압류한다는 내용이었다. 밤마다 잠을 이루지 못하고 뒤척이다 새벽을 맞았다. 눈을 뜨면 불행을 안겨준 가족을 원망하며 술을 마셨다. 직장동료와 어울릴 형편이 되지 못하자 집 밖 출입을 하지 않았다. 수시로 날아드는 경조사 안내장은 어지간하면 펼치지 않았다. 아이들 학비는 대출을 받아 해결했다. 먹는 것, 입는 것을 줄이고, 웬만한 거리는 걸어서 다녔다. 한

푼이나마 더 벌기 위해 깊은 산골에 있는 학생수련원으로 교육연구사를 자청했지만 지난 삼월에 새롭게 발령받은 본청의 장학사 업무는 지친 심신을 더욱 쪼그라뜨렸다. 편히 쉬고 싶고, 인간다운 삶을 누리고 싶은 마음을 달래며 간신히 버텨왔지만, 기어코 굳건한 성벽을 허물고 말았으니 약을 먹지 않으면 안 될 몹쓸 병으로 고통받는 지경이 되고 만 것이다.

심신의 괴로움과 고통에서 벗어날 방법이 세상 어디에 있을까. 정신과 물질에 얽매이지 않을 방도는 또 어느 곳에 있나. 삶의 희로애락조차 본래부터 형체가 없는 것이니 모든 것은 마음먹기에 달렸다. 집착에서 벗어나야 하고, 쓸데없는 욕망과 근심도 내려놓을 수 있어야 한다. 뗏목이 제아무리 편리한 물건일지라도 강을 건넌 다음에는 소용이 없고, 부귀영화도 건강을 잃으면 뜬구름일 뿐이라고 하니 하늘의 뜻을 외면하면서 살 일이 아니다.

그녀가 보낸 장문의 글을 다시 한번 읽어본다. 아버지를 위해 성모님께 올리던 엘렌의 기도와 비교할 수 있을까마는 친구의 완쾌를 빈다. 이탈리아의 작곡가 토스티의 가곡 「기도」의 한 구절이 황금빛 날개를 타고 친구의 마음속에 날아들기를 기원해 보는 것이다.

"서러움에 가득 찬 내 마음의 이 괴로움을 구원해주소서"

폐지 줍는 소녀

어기적어기적 느릿느릿 질질. 허리가 잔뜩 꼬부라진 할머니가 횡단보도를 건너려 한다. 신호등의 빨간불에 붙들려 있는 자동차의 대열 앞으로 들어선다. 허드레 신문지와 종이상자를 아무렇게나 던져 올린 손수레를 끌고서 간다.

8차선이나 되는 광활한 대로를 어떻게 지나갈지 걱정스럽다. 마음 바쁜 택시는 슬금슬금 횡단보도를 침범하고, 먹이를 앞에 둔 사자 같은 트럭은 여차하면 튀어 나갈 기세로 카랑카랑한 엔진소리를 높이고 있다. 그런데도 꼬부랑 할머니는 아랑곳하지 않는다. 무표정한 얼굴로 횡단보도로 발걸음을 옮긴다. 우주 만물의 온갖 이치를 달관한 고승처럼, 세속의 그 어떤 일에도 관여하지 않겠다는 듯하다.

"갑자기 웬 바람이야."

한바탕 회오리가 인다. 행인들은 옷깃을 여민다. 키보다 높다랗게 쌓아 올린 신문지가 아스팔트 위로 흩어진다. 종이상자를 사정없이 내동댕이친다. 머리카락까지 심하게 헝클어 놓는 것을 보면 필시 못된 마녀의 담장을 넘어온 심술궂은 바람이리라. 할머니는 가던 길을 멈추고, 횡단보도의 한가운데에 손수레를 세운다. 이리저리 휘날리는 폐지를 따라다니며 한 장이라도 더 주우려고 애를 쓴다. 걸음이 굼뜨고 몸이 마음대로 움직여 주지 않으니 도무지 신문지를 따라잡을 수 없다. 할머니를 골탕 먹이려고 작정을 했는지 간신히 한 장을 집는가 싶으면 두어 장이 저만치 도망친다. 어떤 녀석은 허공으로 솟구치더니 길 건너편으로 날아간다. 줄 끊어진 연같이 펄럭이며 멀어진다.

할머니의 표정이 예사롭지 않다. 무표정한 얼굴에는 폐지를 다 줍기 전에는 길을 비켜주지 않을 작정인 듯 비장함이 감돈다. 그와 함께 내 가슴이 마구 방망이질한다. 곧, 신호등이 바뀔 것이라는 생각이 들자 눈을 돌려 외면할 수 없다. 쉽사리 자리를 뜰 수도 없는 것이다. 문제는 할머니의 표정과 행동에 있는 것이 아니다. 나에게 있다. 다급한 상황을 해결하기 위해 도로로 뛰어들지 못하면서 안타까워하고, 걱정하는 내가 문제의 장본인이다.

거짓말 같은 현실이 눈앞에 벌어진다. 어디서 달려왔는지 앳된 소녀 하나가 팔랑팔랑 달려오더니 할머니 곁에서 폐지를 줍는 것이 아닌가. 사복을 입은 모습은 영락없이 중학생쯤 되어 보이는데 옆구리에 끼고 있는 책과 노트를 보니 대학생이다. 그녀는 이리저리 흩날리는 폐지를 바람만큼이나 빠르게 줍느라 강아지처럼 폴짝폴짝 뛰어다닌다. 물에 젖어 바닥에 붙어 버린 종이는 쪼그려 앉아 손톱으로 긁어서 뗀다. 뽀얀 얼굴과 총총거리며 걷는 걸음에는 그 어디에도 부끄러운 기색이 없다. 신호가 바뀌면 언제 자동차가 달려들지 모르는 다급한 상황인데도 친할머니라도 되는 양 말동무까지 해드리며 손놀림을 멈추지 않는다. 그 모습을 바라보는 내 가슴이 다 환해진다.

할머니가 내 어머니였다면 어떻게 했을까. 모르긴 해도 틀림없이 짜증을 냈을 것이 분명하다. 폐지를 줍는다는 사실이 창피하고, 남의 눈길이 부담스러워 눈을 흘겼을지 모른다. 교통의 흐름을 방해한다는 핑계를 대며 얼마나 잔소리를 늘어놓았을지 짐작하기 어렵다. 내가 초등학교에 다닐 때도 그랬다.

그날은 어머니가 동네 어른들과의 들놀이에서 막걸리를 한 모금 마셨던 모양이다. 말씀이 어눌해지고, 얼굴은 홍옥보다, 석류보다도 더 붉게 변했다. 평소 한 모금의 술도 입에 대지 않는 성품이지만 드신 음식까지 부실하였으니 술기운을 이기지 못한 탓이다. 나는 어머니가 술을 마셨다는 사실 하나만으로 짜증을 냈다. 불만 가득한 얼굴을 내보였다. 한 잔 술에 가정사의 온갖 번뇌를 내려놓으신 그 행동을 이해하지 못했다. 잠시의 시름을 잊는 순간조차 못마땅하게 여겼다. 이웃 아주머니들은 술을 마셨다고 해도 입에만 갖다 대었다 만 듯 아무런 표시가 나지 않았는데 어머니는 얼마나 많은 술을 마셨기에 얼굴이 붉고, 비틀거리며 걸을까 싶으니 저절로 화가 났던 것이다.

검은 아스팔트 위에 흩어진 하얀 종이가 자취를 감춘다. 할머니는 말없이 손수레를 끌고, 소녀는 바람에 펄럭이는 폐지를 누르며 차량의 군무 속으로 사라지고 있다.

부끄러운 마음에 얼굴이 화끈거린다. 소녀의 천진난만 하고, 예쁜 모습이 철없던 시절의 나의 행동과 겹쳐지면서 가슴이 먹먹해진다. 노을이 유난히 붉은 날, 집으로 돌아가는 길 풍경이다.

쑥 캐는 봄날의 오후

삼월의 하늘이 풋풋하다. 온 산야를 생명의 빛, 희망의 색채로 물들인다. 청정한 기운이 뻐꾸기의 낭랑한 노랫가락을 닮았다. 주체할 수 없는 아지랑이는 봄기운에 어지럽게 흩날린다.

돌담길을 따라 아내와 쑥을 캐러 나선다. 노란 꽃잎을 터뜨린 개나리의 금싸라기 웃음이 계집아이들의 재잘거림같이 만발하다. 팝콘을 흩어놓은 듯하고, 아기별을 뿌려놓은 듯도 싶다. 밭둑을 따라 피어난 냉이꽃은 몹시도 수줍은가보다. 보일 듯 말 듯한 하얀 꽃을 빼꼼히 내밀며 봄에 인사한다. 큰개불알풀꽃은 작은 덩치 탓에 발뒤꿈치를 들고 섰다. 제비꽃은 봄볕의 힘을 빌린 탓인지 신비스러운 보랏빛 자태를 뽐낸다. 심술쟁이 봄바람이 공연히 장난을 거는 봄날 오후의 풍경이 정겹기만 하다.

빛바랜 억새와 말라비틀어진 쑥대 사이를 헤집으며 소담스럽게 자란 쑥을 찾는다. 햇빛을 받지 못한 희멀건 쑥은 연하고 부드럽기도 하거니와 덩치가 커서 바구니를 채우기가 수월하다. 울퉁불퉁한 돌멩이 아래서 고개를 내미는 녀석을 보니 저 무거운 짐을 머리에 이고 혼곤한 봄 한 철을 어떻게 견딜까 싶으니 가슴이 아린다. 어깨라도 한 번 툭 쳐주고 싶다. 두 눈을 질끈 감고 자줏빛으로 반짝이는 쑥의 밑둥치를 자르니 말쑥한 차림으로 냉큼 손아귀에 안겨든다.

돌이켜보면 초등학교에 입학하기 전부터 쑥을 뜯었던 것 같다. 칼을 들고 밑둥치를 자른 것이 아니라 손톱으로 당기듯이 뿌리를 잘랐으니 쑥을 뜯었다고 표현하는 것이 알맞지 싶다. 메추라기 길섶에서 졸고, 솔개가 하늘을 맴돌며 눈을 부라릴 때도 쑥 캐는 일을 멈추지 않았다. 천식으로 고생하시던 아버지의 거친 숨소리와 완행열차의 가랑가랑한 쇳소리를 버무린 기적소리가 노을 속으로 사라질 때도 쑥을 뜯었으니 나의 쑥 사랑은 유별난 것이었다.

졸음에 겨운 봄날의 철로 변에는 쑥 캐는 사람들로 제법 붐볐다. 나는 그 속에서 쑥을 캐면서도 남자라는 사실이 놀림감이 될 것 같아 머뭇거리는 경우가 많았다. 금지된 장난을 하는 것인 양 눈치를 보았다. 그러는 중에도 키가 큰 풀 사이를 비집고 올라온 쑥과 눈이 마주칠 때면 두 손이 가만히 있질 못했다. 억새 사이를 뒤지고 다녀야 했다. 그럴 때면 날카로운 잎사귀에 손가락과 손등을 베었다. 꺾어진 줄기에 손목이 찔리는 경우가 너무 많아서 헤아릴 수가 없을 정도였다. 손톱 위에 거스러미가 일면 손톱으로 뜯거나 이로 물어뜯었는데 생살이 뜯기는 아픔을 겪기도 했다. 삐죽삐죽 피가 배어났지만 그때뿐이었다. 쑥 뜯는 데에만 정신을 쏟았다. 간혹, 돌 틈 사이의 크고 뽀얀 속살을 한 부드러운 쑥을 보면 보물이라도 찾은 양 공연히 가슴이 두근거렸다.

철둑 저편으로부터 노을이 질 때면 양쪽 호주머니는 쑥으로 불룩했다. 침목을 밟으며 집으로 향하는 발걸음이 새털처럼 가벼웠다. 긁히고, 거스러미가 인 손으로 문을 열고 들어서면 어머니는 안쓰러워했다. 가족을 생각하는 마음이 깊다 하시며 대견스러워도 하셨다. 그 말씀을 듣고 자란 탓인지 나의 쑥 뜯는 행위는 자연스럽게 몸에 배었다. 어쩌면 나에게 주어진 사명 같은 것이었기에 가슴 뿌듯했는지도 모를 일이다. 다음 날에도 그다음 날에도 쑥을 뜯었으니 말이다.

봄날의 쑥국은 별미 중의 별미였다. 깨끗이 씻은 쑥을 잘 치대고 된장을 넣어 끓이면 온 집안이 향긋한 봄 냄새로 가득했다. 국 한술이면 입안에서 맴돌던 보리밥이 신기하게도 넘어갔다. 솥에서 쑥버무리가 익어가면 허전한 기운이 먼저 알고 물러갔다. 어린 시절의 맛 난 먹거리였지만 늦은 봄이나 추적추적 비 내리는 초여름에만 먹을 수 있었다. 궁금했던 입을 달래고, 배도 든든하게 채울 수 있는 음식이 되었다.

쑥은 보약의 기능도 있었다. 초등학교에 다니던 시절, 나는 일
년에 한두 번씩 심한 몸살을 앓았다. 봄이 오는 길목마다 밥을 먹
지 못했다. 아무런 이유도 없이 힘이 없고, 나른하여 밥 한술 넘기
는 것이 고역이었다. 어떤 때에는 삼사일씩 자리에 누워서 지내기
도 했다. 그 모습을 보다 못한 어머니는 들판에 아무렇게나 자란
쑥을 한아름 짓이겨 즙을 만들어 들이미셨다. 한약 냄새를 풍기는
까만 쑥물은 입에 가져가기도 전에 기가 질리게 했다. 애절한 눈
빛과 간곡한 말씀을 차마 거역할 수 없어 두 눈을 질끈 감고 쑥물
을 들이키면 언제 그랬나 싶게 입맛이 돌았다.

오늘, 아내와 함께 캐는 봄나물이 배고픔을 이기기 위해 뜯는
쑥일 리 없다. 군것질거리로 삼을 것도 아니지만 손가락에 거스러
미가 일고, 손등을 베이던 그 봄날을 추억하는 것도 아니다. 눈부
시게 푸르른 봄날에 돌 틈에서 뽀얀 속 살을 들어내던 그 날, 그
쑥이 왜 이렇게 사무치도록 그리운지 모르겠다. 억새 사이에서 쑥
을 뜯던 머슴애의 마음이 잿빛 하늘처럼 쓸쓸하게 다가오는지 더
더욱 알 수 없다. 돌아갈 수는 없지만 내 유년의 꿈과 함께 깊숙이
묻어 둔 그 어린 날의 상념들이 자꾸만 살아 움직이는 것 같다. 그
것이 아픔이든, 그리움이든 거부할 수 없는 숙명 같은 것 말이다.

봄날의 하늘이 아득히 멀다.

1
봉오재 풍경

희망의 종소리

3월의 봄날이 노랗게 물들었다. 졸졸 흐르는 시냇물은 명랑한 노래로 인사한다. 산수유의 귀여운 미소를 따라 노란 봄이 저만치 앞서 달린다.

산수유 꽃송이는 노란 별 무리다. 꽃송이 하나하나가 깜찍하다. 귀엽고 앙증맞기까지 하다. 노릇노릇 튀겨진 팝콘 같은 모습에는 웃음이 터져 나온다. 개나리에 비하면 연노랑이지만 파스텔로 그린 듯한 꽃송이가 풋풋함을 한아름 선사한다. 20~30개의 노란 꽃은 잎보다 먼저 피어 산형꽃차례로 달린다. 꽃에서는 달콤한 향기가 풍긴다. '영원불멸의 사랑' 이란 꽃말이 가슴을 친다.

전남 구례군 산동면 대평리 상위마을과 하위마을, 반곡마을에는 꽃 잔치가 한창이다. 명퇴의 위기를 가까스로 넘기고 아이들 취직

문제와 학비 걱정, 처가의 가정형편으로 의기소침해 있는 친구 부부를 위해 봄맞이 길을 잡아 나선다. 산수유의 화사한 미소가 희망과 위로의 등불이 되기를 기원해 보는 것이다.

흐드러지게 피어있는 산수유 꽃그늘 아래서 친구가 어렵게 입을 땐다. 얼마 전, 회사에 한차례 구조 조정이 있었으나 가까스로 명퇴의 위기를 넘겼다고 한다. 천만다행이기는 하나 벌써 퇴직을 운운하는 나이가 되고 보니 앞이 캄캄하단다. 청년실업 문제 해결을 위해 국가가 발 벗고 나섰다고는 하나 취직을 하지 못해 아르바이트로 생활비를 마련하고 있는 장남과 대학생인 둘째를 두고 있는 가장이고 보니 왜 아니 그렇겠는가. 업 친데 덮친 격으로 유럽과 미국에서 시작된 경기의 한파가 누그러질 줄 모르고 지구촌을 휩쓸고 있다. 이웃 나라 일본의 엔저 현상으로 인해 우리 기업들은 수출이 준다고 아우성이다. 난국을 헤쳐나갈 방도를 찾지 못해 연일 한숨 소리가 아지랑이 되어 하늘을 맴돈다.

차디찬 바닷바람이 여린 뺨을 할퀴고, 시뻘건 철판에서 뿜어내는 냉기가 손가락을 에지만 불평 한마디도 사치로 여긴다는 친구 아내의 이야기는 차라리 절규에 가깝다. 맨손으로 전깃줄을 매만지니 여인의 손이 아니다. 진흙 바닥이 말라 터져서 넓게 벌어진 금처럼 손끝마다 엉그름이 훈장처럼 아로새겨져 있다. 물이 닿을 때마다 면도날로 도려내는 듯한 통증에 자지러지고, 그것을 참아내려 악다문다는 이야기에는 내 가슴조차 형언할 수 없는 슬픔에 쌓인다. 한겨울의 문턱을 겨우겨우 넘고 있는 친구의 억장이야 하루에도 몇 번씩이나 허물어질 터인데 개나리며 산수유는 온 동네를 뒤덮으며 화창한 봄날을 노래하고 있다. 세상은 참으로 알 수 없는 아이러니의 연속이다.

친구와는 고등학교에 다니면서 만났으니 40여 년도 더 지났다. 남을 먼저 배려하는 심성이 호감을 주었지만 낚시와 음악을 좋아하는 취미가 같아 우리는 금방 친해졌다. 둘은 틈만 나면 낚싯대를 매고, 강으로 바다로 쏘다녔다. 여름방학 중의 어느 날, '악양수로'에서 한 마리의 붕어도 낚지 못한 우리는 친구가 사는 '사궁두미' 마을로 향했다. 음산한 밤안개가 산을 에워싸고 귀신이 나온다는 산 고개를 단숨에 넘었다. 붕장어를 낚으며 밤을 꼴딱 지새웠다. 학교에서는 가곡을 노래하면서 음악에 빠져들었다. 음악회가 열린다는 포스터를 보면 누가 먼저랄 것도 없이 소식을 전하기 바빴다.

친구는 20대 후반에 월영동 산동네에서 신혼생활을 시작했다. 월세로 시작했던 살림살이가 소형임대아파트나마 한 채 장만하여 살고 있으니 다행이라고 여길 수 있을지 모르겠으나 삶은 절대적인 기준이 아니다. 상대적인 가치로 저울질하는 것이기에 친구를 바라보는 나의 가슴이 아린다. 남모를 설움이 북받쳐 올라 밤새도록 통곡하였는지 모를 일이지만 말이다. 처가의 어려움도 부부의 가슴에 생채기를 만들었다. 남부럽지 않은 살림이 어느 날부터인가 벼랑 끝으로 내몰리더니 앞날이 캄캄하게 되었단다. 아쉬운 소리 한 번 해보지 않았던 처족들이 천막을 거처로 삼고 있다고 하니 지난겨울이 얼마나 혹독했을지 짐작이 간다. 한 모금 마시는 커피 한 잔과 허기를 채우는 국밥 한 그릇도 가시가 되어 가슴을 찌른다. 차디찬 움막에서 한숨으로 지샐 친정어머니를 생각하니 눈물이 난다는 친구 아내의 이야기에는 눈시울이 뜨거워진다.

오랜만에 미소 띤 친구 부부가 다정스러워 보인다. 산수유 노랗게 꽃 대궐을 만들고, 다홍으로 물들인 진달래 더욱 곱다. 산 너머 훈풍에 실려온 꽃 향기는 날이 갈수록 진하다. 꽃구름같이 피어오르던 벚꽃이 비 되어 내리니 두 사람의 앞날에 축복이 있을지어다.

그래, 동지섣달 기나긴 밤이 얼마나 어두울까. 모질디 모지다는 북풍한설도 봄바람 한 자락이면 꼬리를 감추는 것을. 화창한 봄날을 기원해 본다. 희망의 종이여, 노란 종소리를 하늘 높이 울려라. 꿈의 나래여, 환한 미소를 실어 보내라. 너털웃음을 터뜨리며 봄을 맞을 친구 부부의 두 어깨 위로.

불놀이

놀이 중의 으뜸이 불놀이요, 볼거리 중의 최고는 불구경이다. 훨훨 타오르는 불꽃의 수렁에 빠져들면 개미지옥에 빠진 곤충처럼 헤어 나오지 못한다. 태피터로 만든 새 옷을 순식간에 태웠으니 불장난이 원인이었다. 봄볕의 속삭임을 뿌리치지 못한 3월의 그 날이 잔인하기만 했다.

발길에 '툭' 차였다. 어제도, 그저께도 제멋대로 굴러다니던 성냥갑이었던 터라 대수롭지 않게 생각했다. 그런데 느닷없이 주체할 수 없는 충동이 일었다. 화미한 불꽃의 교태를 보고 싶은 나머지 미칠 지경이었다. 저절로 엉덩이가 들썩여졌다. 잠시도 앉아 있질 못할 정도로 마음이 어지러웠다.

마찰제를 입힌 짙은 고동색 종이를 엄지손톱보다 작게 뜯었다.

성냥개비 몇 개를 어머니 모르게 호주머니에 집어넣었다. 철마가 지나간 휑한 베이지색 철롯둑에 성냥을 그었다. 얼굴이 후끈 달아올랐다. 호롱불만큼이나 작고, 가냘프다고 생각했던 불꽃이 순식간에 덩치를 키우더니 눈 깜짝할 사이에 장판지보다 더 넓게 퍼져나갔다. 마른 풀을 태운 연기는 허공으로 흩어졌고, 잔디밭은 김발에 널린 김처럼 검은 옷으로 갈아입었다. 발산개세(拔山蓋世)로 둑을 점령해 갔지만, 불꽃은 보이지 않았다. 겁이 났다. 잔솔 서너 가지를 꺾어 들었다. 설핏 보였다가 태양 빛에 몸을 숨긴 불꽃을 향해 힘껏 휘둘렀으나 소용이 없었다. 오히려 불티가 날아 또 다른 불쏘시개만 만드는 꼴이었다.

가슴이 요동쳤다. 빨랫돌을 두드리는 방망이 소리보다 더 크고 빨랐다. 급한 마음에 입고 있던 점퍼를 벗어 불꽃을 향해 사정없이 내리쳤다. 어설픈 손놀림과 어린 나이를 얕잡아 본 탓이었는지 하얀 연기를 동반한 불꽃은 하늘가득 날아올랐다. 박음질 사이로 스펀지가 삐져나온 점퍼는 형체를 잃어갔다. 급기야 겉감과 스펀지가 녹더니 불똥을 만들었다. 팔과 얼굴에 묻은 그을음이 무수히 많은 점을 찍으며 추상화를 그렸다. 굿판의 무당처럼 혼이 반쯤이나 빠져나갔을 무렵 철로를 넘지 못한 불꽃이 제풀에 스러졌다. 모골이 송연해지는 끔찍한 사건이었다.

돌이켜보면 불장난 장소로는 쇠죽 끓이는 아궁이보다 좋은 곳은 없다.

"밤중에 오줌 싼다."

나무라시는 외할머니 곁에 앉아 생솔가지를 하나씩 던져 넣으면 송진이 타면서 솔 내음을 풍겼다. 하얀 연기의 사나운 기운에 눈이 매웠다. 날름날름 내미는 불꽃에 눈썹이 그을리는 줄도 몰랐다. 자작하게 재운 잔불에 짭조름한 간 갈치 서너 토막이 익을 즈음이면 누렁이가 먼저 코를 벌렁거렸다. 노릇노릇하게 익어가는 색깔이 눈부셨고, 고릿한 냄새가 기막히게 좋았다. 고구마는 뜨거운 재속에서 풍미를 더해 갔다. 황톳빛의 된장찌개는 보리밥도 거칠지 않게 만드는 마법을 부렸다. 달걀껍데기에 씻은 쌀을 넣고, 밥을 지으면 고슬고슬한 밥알이 하얀 이를 드러내며 웃었다.

불꽃이 보고 싶다. 성냥팔이 소녀의 마법 같은 불꽃 말이다.

1

봉오재 풍경

어머니의 가을밤

샛바람이 분다. 하얀 새품이 어지럽게 흩날린다. 엊그제까지만 해도 철쭉의 연분홍 꽃잎과 붉은 자주색 반점이 만드는 교태에 눈이 멀 지경이더니만 커피 향을 타고 온 가을이 파르르 깊어만 간다.

바람은 탱고의 춤사위에 맞춰 철둑길을 달렸다. 농염한 노을은 산봉우리를 하나둘 범해 갔다. 가을날의 한 귀퉁이가 우악스러운 사내에게 목덜미를 잡힌 여인처럼 허물어졌다. 어둑살 내리는 광경에 두려웠기에 사슴보다 더 길게 목을 뺐다. 한숨 소리와 함께 집으로 돌아오실 어머니를 기다렸던 것이다.

가쁜 숨을 몰아쉬며 사립짝을 들이미셨다. 소슬바람 탓인지 어머니의 두 볼이 석류처럼 빨갰다. 머리에 인 양동이를 내려놓자마자 마루에 털썩 주저앉으셨다. 저녁놀같이 붉은 얼굴에는 기진맥진한 모습이 역력했다. 자식들 생각에 신작로를 바쁘게 달리신 듯했다. 돌부리로 인해 생긴 생채기보다 벗겨진 신발을 고쳐 신으며 걸음이 빠르지 못함을 한탄했을지 몰랐다. 온종일, 이 골목 저 골목을 누비고 다녔으니 몇 번이나 퍼질러 앉아 신세 한탄을 하고 싶었을 것이다. 가난의 설움에 넋 놓아 울고 싶었겠지만, 자식이라서 알았겠는가. 하늘과 땅 어디에도 애달프고 구슬픈 마음을 둘곳이 없었지 싶다.

아궁이에 불을 지피는 손길이 바빴다. 방안의 냉기를 몰아내야했고, 저녁을 지어야 했다. 항아리에 담긴 쌀알들을 쓸어 담았지만한 움큼밖에 남아있질 않은 듯했다. 점심을 먹지 못한 까닭에 배는 연신 비명을 질러댔다. 훨훨 타오르는 아궁이의 불꽃과 어머니얼굴만 번갈아 바라보았다. 어린 소견에도 그 어떤 이야기조차 하지 않는 것이 좋다고 느껴졌다. 날름거리는 불꽃만 기세 좋게 타올랐다.

따뜻한 기운 덕분인지 긴장된 마음이 여름날의 아이스크림처럼스르르 녹아내렸다. 어미 품에 안긴 병아리처럼 편안했다. 가끔은매캐한 연기가 눈을 따갑게 만들었다. 반쯤 마른 가지가 타면서'피-' 소리를 내면 배고픔이 사그라들었다. 북어같이 바싹 마른억새는 몸뚱이를 태울 때마다 '타닥타닥' 소리를 냈다. 솔가리는바늘 모양의 가느다란 잎을 오그라뜨렸다. 부지깽이로 아궁이 속을 뒤적이며 노닥거리는 사이, 덜 자란 감자처럼 작은 불알 두 쪽이 노골노골 눅진눅진 익어갔다. 민무늬근을 가진 음낭이 불기운을 받은 찰떡처럼 늘어졌다.

진작부터 물이 끓었다. 먹을 것이라고는 누른 종이에 싸인 청주지게미가 전부였다. 비지처럼 생긴 하얀 덩이는 가마니 안에서 얼마나 다져졌는지 씨줄과 날줄이 선명했다. 자잘한 지푸라기는 떼어내기가 여간 성가신 것이 아니었다. 조그만 덩어리 네댓 개를 더운물에 푸노라면 맑은 청주 냄새가 피어났다. 가까이에서 맡으면 코끝이 확 달아올랐다. 약간의 거리를 두고 맡으면 향긋한 냄새가 그만이었다. 후후 불며 마신 물은 서너 모금만 마셔도 취기를 안겨주었다. 사카린을 넣어서 마실 때면 달짝지근한 맛 뒤에 퍼지는 향이 좋았다. 목 넘김도 훨씬 수월했다. 어질어질한 밤, 억장 무너지는 어머니의 밤은 그렇게 깊어갔다.

음흉한 울음을 토해내는 사나운 날이나 먹구름이 음산한 분위기를 만드는 날에는 어머니가 잠을 이루지 못했다. 째지게 밝은 달빛으로 인해 마음이 둥둥 뜰 때도 마찬가지였다. 어쩌다 아버지가 바람처럼 나타나 연기처럼 사라진 밤이면 음성이 유달리 떨리셨는데 그런 날도 예외는 아니었다.

그날은 오지게도 달이 밝았던 것으로 기억된다. 잠결에 오줌이 마려웠다. 작은 고추가 터질 듯이 부풀어 올랐지만, 선뜻 방문을 나서지 못했다. 한밤중이기도 했고, 마을과는 한참 떨어진 산모퉁이에 집이 있었던 까닭에 무섬증도 한몫했다. 싸리로 만든 울타리는 마산에서 진주로 이어지는 경전선의 철로 가장자리와 맞닿으리만큼 가까웠다. 낮이면 오십여 화물칸의 증기기관차가 가파른 산등성이를 오르내리며 연거푸 거친 기적을 토해냈다. 집 옆으로는 비탈진 밭이 제법 넓었다. 봄에는 청보리가 하늘거리며 춤을 추었다. 가을에는 누렇게 익어가는 콩꼬투리가 보기 좋았다. 차갑고 쓸쓸한 가을바람이 일면 벌건 속살을 드러냈다. 철길 너머에는 머루가 보쌈을 위해 담을 넘던 사내의 모습으로 가시나무를 타고 넘었다. 밤이면 밤마다 두려움에 떨어야 했던 이유 중의 하나였다.

눈꺼풀을 비비며 방바닥을 더듬었다. 어머니를 불러 보았으나 대답이 없었다. 응당 누워계셔야 할 어머니가 손에 닿지 않자 덜컥 겁이 났다. 누이동생은 꿈속에서 맛있는 음식을 먹기라도 하는 양 행복한 미소를 흘렸다. 봉창 밖은 뿌연 빛을 토해내는 희고 깨끗한 달빛과 밤안개가 우련한 풍경을 만들었다. 신비스럽기도 하거니와 초가집 한 채쯤은 아무렇지도 않게 집어삼킬 듯한 적막을 만들었다.

누나와 함께 어머니를 찾아 나섰다. 언덕을 돌아나가다 부스럭거리며 밟히는 낙엽의 아우성에 심장이 벌렁거렸다. 밭둑을 걸으며 마주친 내 그림자에 소스라치게 놀랐다. 마왕의 달콤한 속삭임과 같은 억새들의 노래를 애써 외면하며 달밤의 모퉁이에서 어머니를 부르고 또 불렀다. 달그림자를 밟았다. 철도 저편에서 시커먼

철마가 울부짖었다. 마왕처럼 달려들 듯하여 고래고래 고함을 지르며 호기를 부렸다. 옹달샘이 있는 봉국사 아랫마을까지 걸어갔지만, 어머니를 만날 수 없었다. 얼마 전, 열차사고로 피비린내가 진동했던 건널목에서도 어머니의 흔적을 찾지 못하자 또다시 무서움이 엄습했다.

저 멀리, 여인이 보였다. 비틀거리는 모습이 어머니였다. 베이지색 달빛을 온몸으로 안은 까닭에 소복을 입은 듯이 하얬다. 혼을 빼앗긴 것인지, 달빛 탓인지 알 수 없지만 창백한 얼굴에는 핏기가 보이지 않았다. 바람처럼 다녀가신 아버지의 얼굴이 스쳐 지나갔다.

가쁜 숨을 몰아쉬셨다. 달빛에 혼을 빼앗겼고, 달빛에 정신을 차리셨다. 봉화산 모퉁이의 억새꽃은 넋을 놓고 있었다. 그 밤이 성큼성큼 지나가고 있었다.

50년 전의 그 밤이 문득 내게로 왔다.

1
봉오재 풍경

청바지

청바지에 눈길이 머문다. 희끗희끗하게 빛바랜 바지보다 새파란 청색에 더 마음이 간다. 청바지가 입고 싶었던 중학생 때의 기억을 던져버리지 못한 탓이지 싶다.

수업을 마친 어느 토요일이었다. 상현이가 말을 걸어왔다. 누군가 듣기라도 하는 양 나지막하게 속삭였다. 자기 집으로 놀러 가지 않겠느냐는 것이었다. 친구는 학업성적이 우수했다. 전교에서도 손가락을 꼽을 만큼 상위권에 드는 아이였다. 말씨와 품행도 남달리 단정했다. 담임선생님으로부터 자주 칭찬을 들을 정도로 모범적이었기에 학교에서도 동네에서도 사랑을 듬뿍 받으며 생활했다. 계집아이처럼 곱상한 얼굴은 부잣집 외동아들이라는 소문을 낳았다. 그랬기에 매일같이 어울려도 약간의 거리감이 느껴질 수밖에 없었다. 부담스러울 때도 있었다. 그런 친구가 뜻밖의 제안을 하니 거절하기 어려웠다. 점심을 먹는 둥 마는 둥 친구의 집으로 달려갔다.

친구는 소문과는 다르게 커다란 대문을 가진 양옥집에 살지 않았다. 반쯤 기울어진 담장 너머에는 슬레이트 지붕을 인 낡은 건물 한 채가 전부였다. 산모롱이에 있는 집은 철길과 맞닿을 정도로 근접해 있어 기차가 지나가면 지붕이 흔들릴 정도였다. 마당은 입에 올리기 민망할 정도로 작았다. 평상 하나를 겨우 들여놓을 정도로 좁았다. 그나마 다행이라면 담벼락을 따라 빨간 장미꽃이 방긋방긋 웃으며 합창을 하고 있다는 정도였다. 채송화, 봉숭아는 해바라기에 여념이 없었다. 바람이 실어오는 싱그러운 풀냄새는 평상에 앉아있어도 숲속을 거니는 듯 풋풋했다. 산등성이에서 들려오는 뻐꾸기 노래는 덤이었다.

둘은 집에 들어가자마자 방바닥에 누웠다. 궁금한 것을 질문했고, 고민거리를 하나둘씩 풀어놓았다. 상급학교 진학문제와 크고 작은 집안 이야기가 주를 이루었지만, 친구 부모님의 별거 이야기에는 마음이 걸렸다. 괜히 가슴이 답답해지면서 남의 일 같지 않았다. 방학이 되어야만 어머니와 만날 수 있다고 했으나 위로의 말을 건네지 못했다. 얼마나 보고 싶을지 마음속으로만 짐작하고 삼켰을 뿐이다. 진학문제도 마찬가지였다. 친구는 법대를 졸업한 후, 판사가 되겠다고 포부를 밝혔으나 진로에 대해서 깊이 생각해 본 적이 없는 나는 마땅한 대답을 찾지 못했다. 나와는 거리가 먼 이야기라 여겼다. 현실에 대한 진지한 반성이나 미래를 설계할 생각이 없었기에 친구의 고민을 헤아리지 못한 결과였다.

친구는 진지하게 밀양으로의 여행을 제안했다. 어머니가 운영하는 여관은 제법 규모가 커서 우리가 묵을 방 하나 정도는 언제든지 내어줄 수 있다고 했다. 둘이서 생활하는데, 불편하지 않게 배려할 뿐만 아니라 왕복 교통비며, 식사까지 책임진다는 것이었다. 갑작스러운 친구의 제안에 놀랐지만, 한편으로는 미지의 세계를 여행할 수 있다는 생각에 앞뒤 가릴 것도 없이 덜컥 승낙하고 말았다. 그리고 달리듯이 집으로 돌아와 옷장을 뒤적거렸다.

몇 번이나 서랍을 열면서 옷가지를 살폈지만 입을만한 옷이 눈에 띄지 않았다. 빛바래고, 얼룩져서 후줄근해진 티셔츠 두어 벌과 헐렁한 교복, 무릎 부분이 잔뜩 튀어나온 체육복 하나가 전부였다. 교복 반바지는 졸업할 때까지 입어야 한다고 통이 넓은 것을 샀던 까닭에 다리를 벌리고 앉으면 고추와 불알이 보일 정도였다. 조심하지 않으면 창피를 당할 수 있었다. 그런 사정을 알 턱이 없는 상현이는 며칠 전부터 청바지를 입고 가자며 졸라대기 시작했다. 같이 청바지를 입으면 잘 어울릴 것이라고 말했지만 입을 옷이라고는 교복밖에 없다고 선뜻 대답하지 못했다. 변변한 옷 한 벌 준비할 수 없는 현실도 답답했지만, 용돈 한 푼 없이 여행을 떠나야 하나 싶으니 마음에 돌멩이가 들어앉은 듯 무거웠다.

무심한 듯이 말씀을 던졌다. 어머니는 놀라시기는커녕

"가지 마라."

하시며 돌아누우시더니 미동조차 하지 않으셨다. 나도 한동안 자리에서 일어나지 않았다. 한참 후, 내뱉은 말씀이 걸리셨는지 슬며시 자리에서 일어나신 어머니께서 다시 말씀하셨다.

"가고 싶으면 입은 옷 그대로 다녀오너라."

말끝을 흐리시는 그 마음을 짐작하지 못한 것은 아니었다. 당장 땟거리가 걱정인 마당에 여행이 가당키나 할 말인가. 외상으로 쌀을 사고, 연탄을 사야 하는 현실이 미웠다. 옷 한 벌 장만하는 것이 이토록 어려운 것인지 미처 몰랐다. 구멍 난 양말을 기워 신고, 때에 전 옷을 입어도 불평 한마디 하지 않았건만, 무심하게 던지는 어머니의 말씀에 섭섭한 마음이 쉽사리 가라앉지 않았다. 두어 끼를 굶으며 시위라도 벌인다면 당신께서 굶으실지언정 자식의 요구를 어찌 마다할 수 있을까마는 차마 그렇게까지 할 수는 없었다. 그 돈이면 가족이 며칠간 생활할 수 있는 큰돈이라는 것을 알고 있었기에 실행에 옮기지 못했다. 쓸쓸하게 지으시는 미소가 옹이 되어 가슴에 박혔다.

헐렁한 교복을 입고서는 친구 어머니를 만나고 싶지 않았다. 약속한 날이 시나브로 다가오면서 가슴을 옥죄었다. 마땅한 방법은 떠오르지 않았다. 혹시나 하는 마음에 또다시 옷장을 뒤적여 보았지만, 어제까지 없었던 외출복이 오늘 서랍에 있을 리 만무했다.

한숨과 함께 밀양여행을 취소하기로 마음을 굳혔다. 상현이는 펄쩍펄쩍 뛰며 입을 막고 나섰다. 청바지를 입지 않아도 된다고 했다. 모든 경비를 책임진다며 몇 번이나 다짐하고, 안심시켜 주었지만 아무런 대답도 할 수 없었다. 미안하다는 말을 남기고 돌아섰는데 이 일로 우리의 만남은 어색해지고 말았다. 지금은 어디에 사는지 알 수 없고, 약속도 희미한 옛 추억이 되고 말았다.

그렇게 입고 싶었던 청바지 하나를 구매했다. 얇기는 하지만 통이 넓어 아무렇게나 입을 수 있는 편안한 청바지가 마음에 들었다. 그런데 서너 번 입다가 보니 아쉬운 점이 자꾸만 눈에 들어왔다. 무엇보다 도통 태깔이 나지 않는다는 것이다. 겨울이면 송곳처럼 날카로운 냉기가 무턱대고 뚫고 들어와 허벅지와 장딴지를 찔렀고, 구김은 또 얼마나 잘 가는지 잠시만 입어도 쭈글쭈글한 자국이 펴지지 않았다. 반 마음도 차지 않아 거실 구석에 처박아 놓았더니 언제부턴지 비린내를 풍기는 낚시복으로 변하고 말았다.

약속을 지키고 싶다. 친구도 40년 전, 그날의 약속만큼은 기억하고 있을지 모른다. 청바지를 입고 나타난 내 모습을 본다면 무슨 말을 할까. 모르긴 해도 어깨를 툭 치며 환한 미소를 지을 것 같다. 왜 이제야 왔느냐며 나무라기도 하겠지만 그 꾸중을 기쁘게 듣고 싶다. 징 소리 닮은 햇살이 내리는 밀양에서.

2
카르멘의 변명

2
카르멘의 변명

음표와 콩나물

　신기하게 닮았다. 하나의 수정란이 분화되어 2개로 나누어진 형제처럼 타원형의 머리가 비슷하다. 쭉 빠진 몸매와 습성까지 영락없는 일란성쌍둥이다. 오선지 위의 음표와 시루에서 자라는 콩나물을 두고 하는 말이다.

　오선 위의 음표는 벌처럼 비행하고, 나비처럼 춤춘다. 생김새에 따라 소릿값이 달라진다. 머리가 텅 빈 '온음표'는 기둥이 없고, 꼬리도 없어 콩나물이 되기 전의 메주콩 그대로다. 훅 불면 저만치 데굴데굴 굴러가 마루 밑으로 처박힐 것 같지만 생긴 것과는 다르게 한 마디 전체를 소리 내야 하는 긴 음표다. 온음표에 미끈하게 빠진 기둥을 붙이면 '2분음표'가 된다. 소릿값은 온음표의 절반이지만 악곡에서는 제법 긴 음에 속한다. '4분음표'는 이분음표의 텅 빈 머릿속을 시커먼 먹물로 꽉 채운 까닭에 알차게 여문 콩나물을 닮았다. 사분음표라는 이름으로 인해 이분음표보다 소리를 더 길게 내야 할 것 같지만 이분음표의 절반에 해당하는 소릿값만 가진다.

여우 꽁지를 닮은 음표의 꼬리는 많을수록 소릿값이 짧아진다. 한 개의 꼬리만 가진 '8분음표'는 사분음표와 함께 가곡이나 피아노곡, 관현악곡 등 어떤 종류의 음악에서든지 흔하게 만날 수 있다. 꼬리를 두 개 달고 있는 녀석은 '16분음표', 세 개 단 녀석은 '32분음표'라고 한다. 빠르게 연주해야 하는 피아노 소나타 등에서 자주 만날 수 있는 녀석이다. 음표 옆에 붙은 조그만 점은 음표를 그리다 먹물이 튄 것처럼 보이지만 엄연히 '점'이라는 이름을 갖고 있다. 같은 생김새를 가진 음표라면 옆에 점이 많을수록 음을 길게 내어야 한다. 이분음표 옆에 점이 붙으면 '점2분음표', 사분음표 옆에 점이 붙으면 '점4분음표', 팔분음표 옆에 점이 붙으면 '점8분음표'라 부른다.

콩나물의 생김새도 음표와 크게 다르지 않다. 대가리가 큰 녀석이 있는가 하면 작은 녀석, 반쯤 썩은 녀석, 반쪽이 떨어져 나간 녀석, 목이 잘린 녀석, 허리가 부러진 녀석, 몸통이나 뿌리가 썩은 녀석 등 다양하다. 그중에서 몸통이 굵고, 키 크고, 노란색을 띤 싱싱한 녀석이 주부의 선택을 받아 무침이 되고, 국이 되고, 찜의 재료가 된다. 행여 발육 상태가 좋지 못하거나 병이 들어 대가리가 썩어 냄새라도 풍길라치면 식탁에 오르는 호사는커녕 음식물쓰레기통으로 들어가는 신세가 된다. 변명을 할 수 없는 콩나물이 얼마나 속이 상할까 싶다.

음표와 콩나물은 살아가는 환경도 비슷하다. 음표는 오선지 위에서 살을 부대끼며 숨 쉬고 노래한다. 머리가 오선지의 세 번째 줄 아래에 자리 잡은 녀석은 음이 낮아 노래 부르기가 쉽다. 소리를 내는 것도 힘들지 않는다. 반면 세 번째 줄보다 더 높은 위치에 있으면 머리가 위로 간 탓에 무게 중심이 불안정한 느낌을 준다. 고음에 속하기 때문에 듣는 사람으로 하여금 긴장감을 느끼게 한다. 극적이고 위기, 절정 등의 표현에 유용하게 사용할 수 있다.

시루에서 자라는 콩나물은 물만 먹는다. 사시사철 살을 맞대고 살아가는 탓에 몸부림도 마음 놓고 칠 수 없다. 콩나물의 대가리는 음표와 반대로 위쪽에 있어야 안정적이다. 더러는 비스듬히 누워서 자라거나 음표처럼 거꾸로 자라는 녀석도 있지만, 애당초 콩 자체가 거꾸로 발아되었기 때문에 나무랄 수도 없다. 심한 후유증을 앓은 콩나물은 목이나 몸통이 심하게 휘어져 손질할 때마다 성가시게 한다. 종자에 따라서는 키 작고, 야윈 녀석이 있으나 콩나물의 기능을 상실하거나 맛이 떨어지는 것은 아니다.

음표와 콩나물을 지나치게 아껴 사용하면 의미가 절반으로 줄어들 가능성이 있다. 많은 친구와 한바탕 어우러져 몸을 부대끼며 함성을 지를 때 비로소 가락이 되고, 화성이 된다. 내 음악의 의미가 되고, 예술이 되고, 사상이 되는 것이다. 콩나물도 한 무더기가 되었을 때 나물이 되고, 국이 되어 식탁에 오르는 영광을 누릴 수 있다. 상생의 맛을 낼 수 있는 것이다.

소주라도 한잔 마시고 난 다음 날에는 얼큰한 콩나물국이 보약이요, 음표로 만든 음악이 치료 약이다. 쪽파를 자잘하게 썰어 넣고, 붉은 고추의 알싸한 맛을 더하노라면 답답하고 쓰리던 위장이 편안해진다. 텁텁하여 아무것도 먹을 수 없을 것만 같던 입안을 개운하게 만든다. 콩나물무침은 어린 시절부터 좋아하는 반찬이다. 박, 고사리, 버섯, 당근, 미나리 등을 넣은 나물에 달걀과 고추장, 참기름을 넣어 뜨거운 밥에 쓱쓱 비벼 먹으면 별미 중의 별미가 된다. 마음이 서글프거나 답답할 때 경쾌한 음악이 내 마음을 위로해 주듯이 콩나물은 늘 내 가까이서 성찬이 되어 기쁨을 안겨주는 것이다.

양념이 지나치면 콩나물의 참맛을 느낄 수 없다. 음표도 지나치게 많이 사용하여 음향이 번잡해진다. 반면에 너무 적게 사용하여 음향이 부실하면 음에서 우러나오는 고상함과 웅장함, 신비스러운 맛을 잃게 된다. 으뜸음이 가장 기본이 되는 중요한 음이기는 하지만 좋은 음악을 위해서는 다양한 음을 적절한 위치에 써야 한다. '이끔음', '버금딸림음', '딸림음' 뿐만 아니라 '으뜸3화음', '버금딸림3화음', '딸림3화음' 등을 골고루 사용하고 '차례가기', '뛰어가기', '반음계 가기' 등을 빠뜨리지 않아야 좋은 음악이 된다. 맛있는 비빔밥을 먹기 위해서는 음식을 만드는 주방장의 뛰어난 요리 솜씨와 정성이 담겨야 하듯이 음악에서도 작곡가와 연주자의 열정과 노력, 다양성과 창의성에 따라 색다른 맛이 나는 음악이 만들어지는 것이다.

음표를 콩나물 대가리라고 내뱉은 일로 혼났던 적이 있다. 교수님은 음악을 전공하는 자네가 콩나물 대가리라고 하면 음악을, 음악인을 모욕하는 발언이라 호통을 치시는데 콩나물 대가리처럼 눈앞이 노래졌다. 아직도 내 주변에는 음표라는 용어를 모르는 사람이 많다. 그저 콩나물 대가리로만 인식하는 까닭에 일일이 지적하며 고쳐주어야 한다. 이제는 나의 일상 과제가 되었지만 말이다.

콩나물은 여전히 내가 좋아하는 반찬이고, 음표는 살아가는 이유다. 시원한 국을 좋아하고, 무침도 즐겨 먹지만 콩나물을 닮은 음표로 음악을 요리하는 순간이 가장 즐거운 시간이다. 앙증맞도록 예쁜 음표로 만든 「남촌」을 노래하고 「내 맘의 강물」, 「강 건너 봄이 오듯」과 같은 악곡까지 요리하다 보노라면 음표는 어느새 학생들의 심금을 울리는 음식이 되고, 보약이 된다.

음표와 콩나물, 이 녀석들이야 말로 모든 이의 영혼과 몸을 울리는 최상의 요리 재료인 셈이다.

3부분 형식

인생은 3부분 형식이다. 수많은 음표와 쉼표가 만들어 가는 숭미로운 가락이다. 마음이 몹시 우울하거나 슬픔이 북받칠 때 노래하는 비창 교향곡이요, 미친 듯이 휘몰아치는 일진광풍의 소나타인 것이다.

흰건반과 검은 건반이 배추흰나비, 제비나비의 유려한 날갯짓을 따라 꽃 노래를 만든다. 무지갯빛 음표가 덩실덩실 춤춘다. 얼음판 위를 달리는 날렵하고, 경쾌한 가락은 16분음표의 몫이다. 8분음표가 만드는 귀여운 가락은 기쁨이다. 빗방울 같은 울림이 가슴 가득 초롱초롱함을 피어나게 만든다. 4분음표는 행복이다. 가슴에 수많은 동심원을 만들며 평화를 안기지만 때로는 우울한 기운으로 침범한다. 슬픔이 되기도 하나 흉흉한 바다 너머에 울리는 은은한

종소리 있으니 2분음표 혹은 온음표가 만드는 희망의 소리다. 느릿하나 '크레셴도(crescendo)'에 의한 장엄한 '코다(coda)'가 힘차게 문을 두드리면 끝없이 늘어선 온쉼표의 위엄 앞에 무릎을 꿇어야 한다. 마침내 "칠흑의 하늘, 붉은 흙의 거리"로 들게 되는 것이다.

음표 하나, 쉼표 한 점을 아무렇게나 오선지 위에 올려놓지 않는다. 함부로 휘갈기지도 않는다. 오선 위에 까만 점, 기둥 하나를 그리기 위해서 얼마나 망설이고 고민하였는지 짐작할 수 없다. 자그마한 실마리 하나를 풀기 위해 수많은 밤을 고통에 몸서리친다. 썼다가 지우고, 또 쓰기를 반복하며 고뇌한 결과지만 누구라서 그 마음을 짐작할 수 있을까. 매미는 찰나의 세상을 보기 위해 수년의 시간을 가슴 졸였다. 캄캄한 땅속에서 외로움을 달래고, 울음을 삼켰다. 달콤한 가락, 가슴 벅찬 선율 하나를 탄생시키기 위해 소쩍새의 밤은 그렇게 길었다. 진흙은 시뻘건 불가마 속에서 자신의 몸을 불살라버렸기에 도자기로 다시 태어날 수 있었다. 천둥이 먹구름 속에서 울부짖게 한 것은 신의 섭리다. 인생이란 역동적인 가락도 마찬가지다.

무수한 음표와 쉼표로 만든 가락은 희망이고, 행복의 시간이다. 즐거움의 순간이다. 고통과 불행도 함께 따르겠지만 소망이 있기에 결코 노래를 멈출 수 없다. 숨표가 없고, 쉼표가 없고, 음표만으로 만들어진 가락이라면 어떤 인생이 펼쳐지게 되는 것일까. 모르긴 해도 어떤 성악가도 노래할 수 없을 것이다. 쉬 지치게 되어 서너 마디의 가락으로 끝나버릴지 모른다. 나 자신조차 어떤 음표로 삶의 가락을 만들고, 어떠한 화음으로 들려지는지 짐작할 수 없으니 말이다. 두도막 형식이나 세도막 형식의 악곡이 만들어지지도 못했을 터이지만 3부분 형식의 삶은 애당초 꿈도 꾸지 못했을 것이다.

알레그로(Allegro)에 의한 혼돈의 시간으로 흐트러진 내 삶을 돌아볼 여유가 없었던 적이 있다. 오로지 앞만 보고 달려야 했다. 두 마디나 네 마디의 가락 뒤에 숨표가 있고, 작은악절 뒤에 쉼표가 있다는 사실을 알지 못했다. 숨표가 있고, 쉼표가 있어야 새로운 가락이 이어질 수 있다는 본질을 바르고 확실하게 인식하지 못한 것이다. 그랬기에 내 인생의 오선지 위에는 나 스스로 음표를 그리며 가락을 만들어야 했다. 때때로 숨표를 쓰고 쉼표도 적어 넣어야 했지만, 숨표와 쉼표는 결코 표기해서는 안 될 금지된 기호인 줄 알았다. 알레그로의 빠르기에 8분음표와 16분음표가 미친 듯이 소용돌이치는 가락도 나의 의지와는 아무런 상관없이 그렇게 쓰였다. 포르티시모(Fortissimo)에 의한 강한 가락, 불협화음으로 이어지는 혼란스러운 화성이 아니라 8분음표와 4분음표가 노래하고, '점2분음표'나 '4분쉼표' 등과 함께 조화를 이루는 삶이기를 바랐다.

숨표와 쉼표가 없는 삶이란 존재할 수 없다. 숨표가 있어 하루를 버틸 수 있고, 쉼표가 있어 오늘이 있다. 오늘도 어제처럼 한 하늘이 열리고, 내일도 오늘처럼 태양이 솟아오르게 되는 것을 그때는 왜 알지 못했는지 궁금하다. 지금이야 돌이킬 수 없는 옛 일이 되고 말았지만 말이다. 쉼표는 숨을 쉬라는 표시다. 한숨 돌리라는 뜻이다. 쉼표는 숨을 쉴 수도 있지만 주어진 길이만큼 소리를 내지 말라는 기호다. 소리를 내지 않고 주어진 길이만큼 쉰다는 휴식의 개념이다. 그렇다고 마냥 퍼질러 논다는 뜻은 아니니 숨표와는 의미가 다르다고 할 수 있다. 짧게는 '32분쉼표'부터 '16분쉼표', '8분쉼표', '4분쉼표', '2분쉼표', '온쉼표'가 있다. 한마디를 모두 쉬는 온쉼표를 계속해서 늘여놓으면 수십 마디까지 쉬는 것이니 영원으로 들게 되는 것이다.

쉼표는 더 큰 도약을 위한 준비의 시간이다. 쉼표 뒤에는 반드시 강한 박자가 나타나는 것이니 새로운 가락으로 변화를 예고하는 것이기도 하다. 이때의 가락은 과거의 삶이 아니라 미지의 세계로 인도하고, 여태까지 생각하지 못했던 삶을 제시한다. 그러기 위해서는 지친 육신과 정신을 이완시켜야 한다. 태엽을 감기만 한다고 해서 무한정 큰 힘이 발휘되는 것도 아니다. 끝까지 감아 팽팽한 상태가 되었다면 천천히 풀리도록 여유를 주어야 한다. 무작정 조인다고 해서 조이지도 않지만, 한계를 넘어서게 되면 마침내는 줄이 끊어지고 만다.

3부분 형식의 가락에는 빠르고, 전진만 있는 악곡이 존재하지 않는다. 쉼 없이 노래하는 악곡만 있는 것도 아니듯이 리드미컬한 노래, 멋진 인생의 여정에는 숨표와 쉼표가 있어야 제격이다. 음표와 어우러져 아름다운 가락을 만들며 인생을 노래하게 된다. 여러 가지 화음을 통해 사랑과 행복을 만드는 것이다.

인생은 3부분 형식이다. 음표와 쉼표는 내 노래의 주인공이다. 비장한 인생길의 동반자임을 이제야 깨달은 것이다.

카르멘의 변명

동백꽃 한 송이. 새빨간 스커트. 자유분방한 성격의 소유자. 당신을 향해 눈웃음을 던지며 유혹의 손길을 내미는 매혹적인 여인. 활화산같이 뜨거운 불을 뿜는 정열의 화신. 모두가 카르멘을 두고 하는 말이다.

소설 《카르멘》은 19세기 프랑스의 소설가 프로스페르 메리메(1802~1870)의 대표적인 작품이다. 작곡가 조르쥬 비제는 메리메가 보여준 소설 속의 특질들을 더욱 두드러지게 나타냈다. 새로운 형태의 작품을 창조하여 세상에 내놓았는데 오페라 『카르멘』이 바로 대표적인 작품이다. 전통적인 여성관과 도덕을 뛰어넘고, 불꽃같은 매력을 지닌 여주인공 카르멘의 이미지, 작곡가의 독특한 개성이 넘치는 음악적 색채, 가슴을 치는 극적인 줄거리까지 오늘날 사람마다 입을 모아 칭송하는 오페라로 만든 것이다.

나는 처녀가 아닙니다. 남자가 있는 여자란 말이에요. 산채에는 많은 사람으로부터 손가락질을 받는 남편이 있어요. 남모르게 물건을 거래하는 까닭에 세금을 포탈하고 올바른 상거래를 어지럽힌다고 하여 숨어 지내고 있지만 내가 어떻게 하겠어요. 정의와 정직함에 앞서 남편이고, 저와 자식을 위해 땀 흘리는 한 가정의 가장인 것뿐인데요.

언제부턴지 알 수 없어요. 세비야 거리의 늠름한 군인 돈 호세에게 마음을 빼앗겼어요. 저음의 부드러운 목소리, 이목구비 뚜렷한 얼굴, 세련된 몸가짐이 나를 꼼짝할 수 없게 만들더군요. 그런 그이를 유혹하려고 해요. 그의 상관도 이미 나와 관계를 가졌어요. 남들은 이런 나를 천박하고, 정숙하지 못한 여자라 욕할지 모르지만 나는 하루라도 남자가 없으면 살 수가 없는걸요. 허벅지를 꼬집고, 얼음같이 찬물을 뒤집어 써봐도 육체가 먼저 남자를 찾고 있는 까닭에 나 자신도 어쩔 수 없답니다.

세비야 거리를 걸어보셨나요. 합성동 뒷길이나 중앙동, 상남동의 거리를 걷는다고 해도 상관없어요. 도로 곳곳에는 나 카르멘처럼 쾌락을 좇는 여자들이 한둘이 아니에요. 불을 찾아 날아드는 하루살이처럼, 불나방처럼. 왜냐고는 묻지 마세요. 당신은 담배공장에서 온종일 일하는 나의 일과를 알지 못하잖아요. 무슨 일을 하고, 어떤 취급을 받으며 살고 있는지 짐작조차 하지 못하실 테니까요. 그러니 애당초 나를 이해할 생각은 버리는 것이 좋지 않을까 싶네요.

당신은 교양이 철철 넘치는 사람이라 메조소프라노(혹은 소프라노)가 부르는 매혹적인 노래, '하바네라(habanera)'에 대해서는 설명이 필요치 않겠지요. 내가 좋아하고, 나의 마음과 행동을 쏙 빼닮은 4분의 2박자, 조금 빠르게, '사랑은 들에 사는 저 새'로 시작하는 아리아를 말이에요.

사랑은 들에 사는
저 새와 같이
자유스러워
길들이려고 하여도
도무지 되지 않아요.

짐작하시겠지요. 내 몸에는 나 자신도 주체할 수 없는 뜨거운 집시의 피가 흐르고 있다는 것을. 그 근본을 어떻게 숨기겠어요. 무엇으로 감출 수 있겠어요. 나의 차가운 이성도, 수많은 이목도, 주체할 수 없는 감정 앞에서는 여지없이 무너지고 만답니다.

여자의 마음을 믿으시나요. 미련스러운 남자로 살고 싶으신 것은 아니겠지요. 베르디 오페라 「리골레토(Rigoletto)」의 3막에서 만

토바 공작은 "여자의 마음을 깃털"처럼 가벼운 것이라고 노래했는데 말이에요. 조선 선조 때의 명기였던 홍랑이야 고죽을 끝까지 사모했다지만 세상의 많은 여자는 나이의 많고 적음을 떠나 한 번쯤은 새로운 사랑을 꿈꾸고 있다는 것을 알았으면 합니다. 어쩌면 당신이 가장 아끼고 사랑하는 사람마저 언제, 어디서 삼각관계를 엮을지 모르잖아요. 슬픔을 주고, 성내게 만들고, 비극을 만드는 시한폭탄 같은 존재임을 명심하세요.

어느 날, 당신의 여자가 달라지지 않았는지 걱정이 되는군요. 미소가 사라지고, 말투가 달라지고, 행동까지 변했을 거라는 생각이 지워지지 않는 것은 왜일까. 다른 남성에게 웃음을 흘리지는 않던가요. 자신의 잘못을 당신의 탓이라 돌리지 않았나요. 뒷모습을 보이는 횟수가 잦아지는 것을 느끼지 못했나요. 회사에서 눈치를 받거나 다른 사람들의 가십거리가 된 적은 없었나요. 시간이 없다는 말, 바쁘다는 핑계, 할 일이 산더미 같다는 주절거림은 이제 당신을 떠날 준비가 되었다는 내면의 울림임을 알아야 하는데 말이죠.

당신은 연인의 일거수일투족을 알고 싶겠지요. 누구와 대화를 나누고, 누구에게 그윽한 눈길을 보내고 있는지 말이에요. 점심시간이나 저녁 시간에 어떤 사람을 만나고, 차를 탈 때는 남자의 옆자리에 앉는지, 뒷좌석에 앉는지도 신경이 쓰이겠지요.

그녀는 당신이란 존재를 벌써 마음속에서 지웠다는 것을 알았으면 좋겠어요. 당신에게 간섭받지 않고, 구속되지 않고, 무한한 자유를 만끽하고 있다는 걸 말이에요. 그래도 일말의 양심까지 버린 것은 아니랍니다. 커피를 마실 때면 조금이나마 거리가 떨어진 자리를 골라 앉을지 모릅니다. 차를 탈 때는 뒷좌석을 이용할 수도 있습니다. 식사할 때도 멀찍이 떨어져 앉는 것 같지만, 그것이 이별을 암시하는 것임을 당신은 아셔야 합니다.

에스카밀로(에스카미요)처럼 멋있고, 예의 바른 투우사에게 마음 흔들리지 않을 여자가 세상 어디에 있을까요. 근사한 레스토랑에서 점심을 먹고, 커피 향이 코끝을 간지를 때 그녀에게는 권력 없고, 소심하기 짝이 없는 당신은 이미 거추장스러운 존재일 뿐입니다. 당신의 사랑은 굳건한 성벽이 아닙니다. 튼튼한 정조대를 만들어 자물쇠로 채워도 그것을 푸는 일류 기술자가 더 많은 것을 당신은 아시잖아요.

당신에게 말씀드리고 싶군요. 지난 시간에 얽매여 여자의 마음을 돌리려 애쓰지 말라고. 주먹으로 위협하고, 번쩍이는 보석으로 회유할 생각도 마시라고요. 카르멘의 절규를 잊지 않으셨겠지요.

"이제 당신을 사랑할 수 없어요. 당신과 함께 사는 것이 싫단 말이에요. 싫어요, 싫어!"

그녀가 아니면 죽을 것 같은 시간은 영원하지 않습니다. 시간에 따라 옅어지고, 바래 지고, 잊히게 됩니다. 그 시간이 일찍 오는가, 늦게 오는가의 차이지만 남자들은 그 미련스러운 마음 때문에 괴로워하는 것이겠지요. 떠나가는 내가 미우시죠. 돈 호세를 버렸다고 욕하고도 싶지요. 남편의 죽음조차 외면하고 에스카밀로에게 떠난 비정한 여인이라 비난하고도 싶을 것이구요. 그래도 울며불며 애원하지 마세요. 돈 호세처럼 절규하며 사랑을 구걸하지도 마십시오. 술에 취해 넋 나간 사람처럼 휑한 거리를 방황하지 마시라고 말씀드리고 싶네요.

지금, 한 송이의 꽃을 물고 당신을 유혹하던 카르멘은 또 다른 남자를 향해 눈웃음을 던지고 있을지 모릅니다. 허리를 흔들고, 엉덩이도 살랑거리겠지요. 때로는 우수에 젖은 표정과 촉촉이 젖은 사슴 같은 눈망울로.

당신은 아직도 나를 이해하지 못하겠지요. 내 몸에는 자유분방한 집시의 피가 흐르고 있는데 말입니다.

음악의 이해

음악 감상시간을 앞두고 있다. 아이들에게 어떤 악곡을 들려주어야 좋을지 고민에 빠졌다. 가사가 있는 가곡이나 오페라 아리아도 문제지만 가사가 없는 기악곡을 어떻게 설명할지 걱정이 된다. K팝을 끼고 사는 여고생들이 짧게는 100년, 멀게는 400년도 훨씬 더 지난 시대의 리듬과 색채를 담은 악곡을 이해할 수 있을지 조바심이 인다.

최고는 아닐지라도 최선을 다해 다양한 자료를 마련했다. 좋은 음질의 CD도 구해 놓았지만, 교과서에 제시된 악곡은 여전히 낯선 악곡이 많다. 어려운 악곡으로 구성되어 있어 아이들이 공감하지 못할 것이라는 생각이 떠나지 않는다. 음악사적으로 중요하고, 고등학교 수준을 고려한 편성이라고는 하지만 감상자의 능력이나 수준에 대한 배려가 부족하다는 느낌을 지울 수 없다.

　고전음악이 어렵고, 이해할 수 없다는 말이 무엇을 뜻하는 것일까. 접근하기에 쉽지 않은 것에는 어떤 이유가 숨어있는 것인가. 모르긴 해도 형체가 없어 보이지 않고, 만질 수 없는 것이 첫 번째 이유지 싶다. 향기가 없으니 냄새를 맡을 수 없는 것도, 음악을 어렵게 만드는 요인 중 하나다.

　교향곡이나 협주곡, 피아노 소나타, 기악 독주곡 등은 가곡이나 대중가요와는 달리 의미를 전달하는 가사가 없다. 그러니 이해가 쉽지 않고, 어려울 수밖에 없다. 가곡, 모테트, 합창곡 등의 성악곡은 가사가 있다고 하더라도 라틴어를 비롯하여 이탈리아어, 독일어 등으로 되어 있는 경우가 많다. 생소한 가사에 성악가마다 특유의 발성법이 더해짐에 따라 어떤 내용인지 알아들을 수 없으니 뜻을 깨닫지 못하는 것도 무리가 아니다.

　음악을 그림이나 사진처럼 눈으로 보면서 만들 수 있다면 얼마나 좋을까. 조소처럼 만지면서 연주한다면 한결 수월할 것이다. 맛있는 요리처럼 냄새를 맡으며 감상할 수 있다면 오감이 요동칠 것이다. 하지만 음악은 창작부터 연주, 감상에 이르기까지 오로지 귀에만 의존해야 하니 아쉬움이 가득할 수밖에 없다. 음악 예술만이 가지는 특징이기도 하다.

　악보가 있지 않으냐고 항변할 사람이 있을 수 있다. 악기가 있다고 의견을 제시할 분도 계실 것이다. 그러나 그것은 음악이 아니다. 음악이라 말할 수 없다. 붓이나 연필을 두고 미술이라 하지 않고, 종이에 쓰인 글자를 두고 문학이라 말하지도 않는다. 무대에 사람이 서 있다고 연극이라 말하지 않는 것과 같은 이치다. 그렇듯이 아무리 많은 음표와 쉼표가 오선지 위에 그려졌다고 해도 그것만으로 음악의 충분조건을 갖춘 것은 아니다. 악보는 음악의 언어이고, 악기는 음악을 위한 도구에 지나지 않기 때문이다. 음악은 사람의 성대나 악기를 통해 희로애락을 표현해야 한다. 높고 낮은 음이 있어야 하고, 길고 짧음도 필요하다. 강하고 여린 음들이 서로 상생의 조화를 이루어야 한다. 그렇게 되었을 때 비로소 생명을 갖는 완전한 음악이라 할 수 있으며 음악의 본질이 되는 것이다.

모든 예술이 그렇듯이 음악도 주관적인 측면이 강함을 무시할 수 없다. 똑같은 사물을 두고도 평가를 달리하고, 공연이나 영화의 느낌이 다르게 다가오는 것도 이와 같은 논리다. 여자중학교에서 아이들을 가르치던 혈기왕성한 시절이다. 악곡의 느낌 때문에 일어났던 일은 아직도 음악에 대한 고민거리를 해결하지 못한 사건으로 남아 가슴을 짓누른다.

그날은 무용선생님께서 살풀이 공연에 사용할 악곡의 편집을 부탁해 왔다. 디지털기기가 없던 시절이라 두 대의 카세트테이프리코더로 악곡을 복사하여 이어 붙이느라 정신이 팔려있는 나에게 느닷없이 질문을 던지는 것이었다.

"선생님은 악곡의 느낌이 어떠세요?"

갑작스러운 질문에 당황했다. 정신을 차릴 사이도 없이 흥겨운 느낌이 든다고 대답을 하고 말았다. 무용선생님께서는 정말로 흥겨운 느낌이 드느냐며 재차 물으시더니 슬픈 곡이라고 말씀하셨다. 고통과 억압된 삶을 살다 간 사람들의 한을 푸는 음악이 흥겨울 리 없다고 하셨다. 하지만 나는 분명히 신명 나는 음악으로 들었던 것 같다. 어딘지 모르게 슬픔이 묻어나는 감정도 있었지만, 저승에서만은 행복하게 살기를 바라는 마음이 깃들어있었기에 그렇게 느끼지 않았나 싶다.

그날의 음악은 지금까지도 풀리지 않는 수수께끼요, 화두가 되었다. 나의 감상능력이 그것밖에 되지 못한 것인가 실망을 안겨주었기 때문이다. 어머니께서 늘 가슴속에 품고 살았던 그 한조차 알지 못했으니 실망이 이만저만한 것이 아니었다. 마디마디마다 꼬이고, 맺혀있던 그 한을 훌훌 풀어버리는 음악조차 이해하지 못하고, 정반대의 신나는 음악으로 대답을 했으니 나의 음악적 상상력과 감상능력은 초라한 수준이었다. 30년이 지난 오늘까지도 고민에 고민을 거듭하는 것을 보면 무엇이 음악에의 접근을 가로막는 요인인지 생각하게 만든다.

'음악은 만국 공용어'라고 말한다. 그러나 감상의 결과는 사람마다 다를 수밖에 없다고 본다면 음악이 만국 공용어가 될 수 없다. 공감대를 이루기가 생각만큼 쉽지 않은 것이다. 그렇다고 악곡을 세세하게 분석하면서 느낌을 강요할 수 없다. 만약 그렇게 한다면 그것은 타인의 음악이지 나의 음악 세계가 아닌 까닭이다. 오로지 감상자가 느끼는 감정만이 알파요, 오메가인 것이다.

슈만의 사랑스러운 가곡이 좋을까. 생상스의 모음곡 「동물의 사육제」 중 13번째 악곡 〈백조〉는 어떤 모습으로 우아함을 안겨줄까. 쇼팽의 야상곡이나 그리그의 「피아노협주곡 가단조」 작품 16은 또 어떠한 느낌으로 다가올 것이며, 바그너의 오페라를 지루해하지는 않을까 걱정이 된다. 리하르트 슈트라우스의 교향시 「차라투스트라는 이렇게 말하였다」처럼 철학적인 음악이라면 능력에 부치는 일을 억지로 우기는 경우가 되는 것 같아 조심스럽기만 하다.

무형, 무취, 무색의 음악. 영혼을 울리는 음악은 내 가까이에 있다. 수라상에 진상된 온갖 산해진미보다 더 기름지고, 꽃향기를 풍긴다. 무지개보다 화려하고 찬란한 색채를 만든다. 훌륭한 건축물과 같은 뛰어난 균형미를 지니고 있기도 하다. 그러니 뜨거운 가슴으로 음악을 받아들였으면 좋겠다. 순수한 영혼을 가지고, 음의 향연 가운데로 들어설 수 있다면 음악이 아무렇게나 해석되지는 않을 것이다.

저만치 멀리 있는 음악이 아니어야 한다. 학생들의 가슴을 울리는 음악이기를 바란다. 가락과 화음, 리듬, 음색, 셈여림 등의 조화에 따라 온몸이 전율하고 심장이 요동치는 감상 활동이 되었으면 좋겠다.

2
카르멘의 변명

이별

하늘이 무너져 내리는 오후, 알 수 없는 무거운 기운에 마음이 짓눌린다. 가슴 한구석에서 싸늘한 바람이 일고, 슬픈 기운은 화산 쇄설류가 되어 온몸을 덮친다. 차마 잊지 못하고, 기억조차 떨쳐버리지 못한 그 날 탓이다.

'잘 있어라, 지난날의 즐거움이여'를 듣는다. 이탈리아의 작곡가인 베르디가 만든 3막 4장의 오페라 《라 트라비아타(La Traviata)》에 나오는 아리아다. 사랑하는 사람을 남겨두고 떠나야 하는 여주인공 비올레타가 부르는 백조의 노래인 것이다. 흐느끼는 듯한 노래와 잿빛에 휩싸인 관현악의 느릿한 가락이 가슴을 후벼 판다. 1막에서의 화려하고 떠들썩한 분위기는 먼 나라의 이야기처럼 아득하다. 연인 알프레도와 함께 부르던 '축배의 노래'도, 두근거리는 가슴을 안고 부르던 '아, 그이가 내 사랑이었던가' 도 이미 지나간 추억일 뿐이다. 애끊는 가락은 만장이 휘날리는 상여 뒤로 이승과 저승을 가르는 안개 짙은 숲길을 걷는 검은 옷의 행렬 같다. 저음의 흐느낌은 상엿소리처럼 비통함에 휩싸인다.

생명의 불꽃을 꺼뜨리지 않기 위한 몸부림이 처절하다. 얼마 남지 않은 삶이기에 온몸이 저린다. 주체할 수 없을 것 같은 슬픔이 물보라로 흩어진다. 하늘은 왜 그녀를 외면하는가. 몹쓸 병을 안겨 고통 짓게 만드는가. 전생에 얼마나 많고, 커다란 죄업을 지었기에 번뇌 또한 이다지도 깊은지 이해할 수 없다. 창백한 얼굴, 애조 띤 음성을 따라가노라니 한평생 원망과 응어리진 마음을 내려놓지 못하고, 몹쓸 병으로 고생하시다 세상을 떠나신 어머니의 모습이 떠오른다.

"엄마"

얼마나 불러보고픈 이름이던가. 평생을 자식만을 위해 고생하시다 맛난 것, 예쁜 것은 자신의 몫이 아닌 양 애써 외면하신 분이다. 남편의 사랑조차 사치라고 여기신 여인이었다. 뇌졸중이란 몹쓸 병을 얻어 17년을 방에서만 지내야 했으니 답답한 심정, 억장이 무너지는 아픔을 그 누구라서 헤아릴 수 있었을까. 먹고 싶었던 음식, 화려한 꽃으로 수 놓인 옷도 마다할 수밖에 없었던 현실은 얼마나 미웠을까. 외로워도 외롭다는 말씀을 안 하시고, 아파도 아프다는 표현을 다 못하신 그 마음은 또 얼마나 슬펐을까. 남편에 대한 애증, 자식에 대한 서운함에 등 돌려 누운 적이 몇 번이었던가. 고통 속에 사셨던 어머니지만 이승에서의 아픔을 훌훌 털어버리고 편히 가시라는 말 한마디 전하지 못한 일이 목구멍에 가시가 되어 박혔다. 북받쳐 오르는 서러움을 주체하지 못하고 귀 기울이며 듣는 비올레타의 음성 너머로 덩그러니 걸려있는 흐릿한 사진 하나 외롭다.

그날은 눈길이 머무는 곳마다 초록의 향연이었다. 장미의 화사한 미소는 눈부시도록 찬란한 오월을 만들었고, 까무러칠 듯한 향기를 토해냈다. 그러나 나에게는 아무런 감흥을 주지 못했다. 불안한 마음만 더욱 무겁게 했다. 오랫동안 병석에서 고생하시던 어머니가 갑자기 의식을 잃으셨기 때문이다. 간호사의 발걸음이 바빠졌다. 온갖 약물이 주사기를 통해 투여되었다. 산소호흡기도 제 몫을 다하느라 혼신의 힘을 쏟고 있었지만, 의료기기는 계속해서 불안한 그래프를 그렸다. 심장 박동 수를 나타내는 기기도 시시각각으로 위급함을 알렸다. 그때마다 어김없이 '삐-' 하는 소리를 토해냈고, 가슴은 숯보다 더 새카맣게 타들었다.

어머니를 부르는 소리가 잦아졌다. 짐승의 울부짖음 같고, 알아들을 수 없는 방언으로 변해 갔다. 내가 할 수 있는 일이라고는 아무것도 없었다. 약 한 첩, 주사 한 대 놓지 못하는 처지이고 보니 넋을 놓고 사그라지는 불꽃만 바라보아야 했다. 아, 나는 왜 이다지도 무능한 것일까. 한 번만이라도 눈을 마주칠 수 있다면

"어머니, 사랑합니다."

라고 말하고 싶은데 그 작은 소망조차 이룰 기회가 없었다. 참담함에 억장이 무너졌다. 수없이 밀려오는 파도처럼 미간의 주름, 마음의 그늘이 늘어만 갔다.

몸에서는 시시각각 변화가 일어났다. 눈동자가 빛을 잃자 눈자위가 움푹 꺼져 들었다. 욕창은 걷잡을 수 없이 순식간에 번졌다. 손과 팔은 짙푸르다 못해 검게 변했다. 커다란 점도 음흉한 미소를 드러내며 얼굴을 덮어갔다. 먹구름이 대지를 덮치듯이 순식간에 벌어진 현상이었다. 더 지체할 수 없었다. 고통에서 벗어나게 해 드리고 싶었다. 베토벤이 「교향곡 제5번 다단조 작품 67」 '운명'에서 밝혔듯이 "고통에서 환희"로, "어둠에서 광명"을 찾을 수 있도록 하느님 곁으로 보내 드리는 것만이 자식 된 도리였다. 어려운 결정, 힘든 역할은 왜 내 몫이어야만 하는가. "남자는 눈물을 보이지 않아야 한다."라는 말이 나를 더욱 힘들게 만들었다. 마침내 주렁주렁 매달려있는 생명줄이 어머니의 몸에서 제거되자 힘을 잃은 기기는 '삐~'하는 긴 울음과 함께 끝없는 수평선을 그려냈다. 흐르는 눈물, 터져 나오는 울음을 주체할 수 없었다.

비올레타의 애절한 노래는 만남과 헤어짐을 생각게 한다. 진정한 사랑이 무엇인지 고민하게 만들고, 삶과 죽음에 번민하는 나 자신을 돌아보는 계기가 된다. 부모와 자식은 어떤 인연으로 맺어진 것일까. 나는 저세상에 가서 내 삶이 아름다웠노라고 말할 수 있을까. 어머니는 밤하늘의 별님이 되었을까. 내가 비올레타였다면 어떤 노래를 불렀을까. 모든 것을 체념하고, 사랑하는 사람과 이별을 하게 만든 신을 원망하고 있었을까.

좌절과 희망, 원망과 사랑이 충돌하면서 괴로움의 바닷속으로 침잠하고 있다. 나는.

어울림의 맛

맛이 닮았다. 색채가 비슷하다. 예사롭지 않은 품성과 지향하는 가치까지 다르지 않으니 비빔밥과 교향악의 미덕을 칭송하는 말이다.

'골동반'이라고도 불리는 비빔밥은 고슬고슬하게 지은 밥이라야 제맛을 낸다. 갖가지 재료가 얽히고설키면서 빚어진 화려함에 오감이 벌렁거린다. 잘 블렌딩 된 칵테일처럼 조화로운 품격을 갖추었으니 마음을 풍요롭게 만드는 것이다.

비빔밥의 맛은 주방장의 아이디어나 취향에 따라 달라진다. 계절에 따른 갖가지 나물과 소고기볶음, 양념 등의 재료에 따라서도 맛이 색다르다. 어떤 고명을 올리느냐에 따라 눈맛이 달라지지만 먹는 이의 입을 즐겁게 만드는 것이 그 무엇보다 중요한 미덕이다. 균형 갖춘 영양을 위해서는 한 치도 타협하지 않는다. 그렇다고 통

일된 맛, 규격화된 맛만을 추구해서도 안 된다. 재료마다 가지고 있는 고유한 맛을 조금씩 양보하면서 서로가 상생할 수 있는 미덕을 발휘하는 것이 비빔밥만이 가지고 있는 특기요, 자랑거리다. 그러기 위해서는 싱싱한 소고기볶음에서는 중후한 신사의 품격 같은 육즙이 입안에서 살짝 배어 나와야 한다. 아삭아삭 씹히는 나물은 산뜻한 마림바의 울림처럼 입맛을 돋우어야 한다. 부드러운 참기름의 고소한 향이 코끝을 간지럽히고, 클라리넷의 음색을 닮은 고사리가 침샘을 자극할 때, 입안 가득하던 비빔밥은 어느새 목구멍을 타고 저 멀리 사라져 버릴 것이다.

소담스레 담긴 비빔밥은 일곱 빛깔 무지개다. 정성스러운 마음으로 숟가락을 들어야 하는 품격도 지니고 있다. 맛깔나게 볶은 소고기와 고사리의 짙은 갈색, 도라지의 미색, 시금치와 미나리의 녹색, 박과 무의 흰색, 당근의 주황색, 계란 지단의 흰색과 노란색 등이 갓 지은 밥 위에 단정하게 앉은 자태는 입으로만 먹는 음식이 아니다. 눈으로 보고, 머리로 생각하고, 가슴으로 느끼게 하는 음식이기에 보통의 음식에 비해 두드러진 데가 있다. 비빔밥이라면 뭐니 뭐니 해도 보리밥에 강된장을 얹어 쓱쓱 비벼 먹어야 제격이다. 커다란 양푼에 밥과 나물을 넣고 가족이 둘러앉아 숟가락을 부딪치던 모습은 정의 결정체다. 우리만이 가지고 있는 어울림의 미덕이다.

교향악은 현악기, 목관악기, 금관악기, 타악기 등이 가지고 있는 특유한 음 빛깔과 셈여림 등을 둥글둥글하게 다듬어서 조화롭게 빚어내는 규모가 큰 음악이다. 다채로운 빛깔의 진수다. 피콜로는 봄 하늘에 울려 퍼지는 종달새의 지저귐을 닮았다. 플루트의 맑은 울림은 가을하늘이나 바다처럼 푸르다. 오보에나 클라리넷, 바순 등의 목관악기는 마음을 따뜻하게 한다. 호른은 사냥꾼의 신호용으로 사용되었지만 예쁜 소라를 닮은 생김새로 인해 많은 사람의 어여쁨을 받으며 황금빛 음을 만든다. 서쪽 하늘을 붉게 물들일 때 듣는 트럼펫의 가락은 찬연한 빛을 발한다. 눈가에 촉촉한 이슬을 만드는 마력을 지니고도 있다. 트롬본과 튜바의 누른 울림은 지극히 남성적이라 박력이 넘친다. 넓게 펼쳐진 사막을 연상시킨다. 팀파니는 여름밤에 울리는 천둥을 닮았다. 차임벨은 교회의 종소리, 하프는 잎사귀마다 구르는 이슬방울처럼 맑은소리를 들려주지만 때로는 연주주법에 따라 우수수 떨어지는 낙엽을 만들기도 한다. 신경처럼 섬세한 바이올린, 주황으로 빛나는 오보에, 뒤뚱뒤뚱 바순, 번갯불을 닮은 심벌즈가 함께 어울릴 때, 무대와 객석을 울긋불긋한 음향으로 물들인다. 조화와 소통의 품격을 만드니 내가 본받고 싶은 울림인 것이다.

교향악에는 작곡가의 독특한 개성이 음표와 쉼표마다 살아 숨 쉰다. 음악의 요리사격인 지휘자와 연주자의 역할도 무시할 수 없다. 그들이 있어 음악의 재료인 악기에 생명을 불어넣을 수 있다. 모순되거나 어긋남이 없는 맛과 향이 살아있는 음악으로 탄생 된다. 바이올린, 비올라, 첼로, 더블베이스의 현악기와 호른, 트럼펫, 트롬

본, 튜바 등의 금관악기, 피콜로, 플루트, 오보에, 클라리넷, 바순의 목관악기, 팀파니, 심벌즈, 캐스터네츠, 트라이앵글, 마림바 등의 타악기, 피아노, 오르간 같은 건반악기가 저 마다의 고유한 특성을 살려 음색을 조화롭게 버무릴 때 긴장감을 주고, 편안함을 주고, 즐거움을 준다. 때로는 아픔과 슬픔까지 안겨주기에 비빔밥과 같은 교향악의 세계에서 헤어나지 못하는 것이다.

나의 삶이 비빔밥을 닮은 맛을 내고, 교향악과 같은 넉넉한 울림이었으면 좋겠다. 누군가가 나의 가치를 깎아내려도 화내지 않고, 조금은 부족한 듯 살아도 마음이 풍요로워진다면 더 바랄 것이 무엇이겠는가. 높은 자리에 앉아서도 교만하지 않고, 거만하지 않고, 낮은 자리일망정 비굴하지 않은 삶을 꿈꾼다. 쓰고, 달고, 짜고, 매운 날들이 섞이면서 비빔밥과 같은 성숙한 맛으로 거듭나길 바란다. 날카롭고, 모난 성격의 한 귀퉁이가 교향악처럼 섬세하게 다듬어져 또 다른 멋진 날이 만들어지길 바라는 것이다.

연둣빛 어린 순들이 앞다투어 고개를 내민다. 매화, 개나리, 민들레, 목련, 유채, 벗, 영산홍, 팬지, 진달래가 얽히고 섞이면서 봄의 교향악을 만들고, 비빔밥 되어 화답하니 오묘한 교향악의 세계와 비빔밥의 가치가 무엇이 다르랴.

아이들의 미소 띤 얼굴, 깔깔거리는 웃음소리가 교향악이다. 주고받는 눈길은 비빔밥이다. 오늘도 웃음교향악을 만들고, 사랑의 비빔밥을 만들 참이다.

2
카르멘의 변명

꿈

　잡념이 많아서일까요. 낮잠이 과한 탓일까요. 새벽이 가깝도록 뒤척이다 어느결에 꿈을 꾸었나 봅니다.

　잿빛 속살을 남김없이 드러낸 질펀한 바닷가를 걷고 있습니다. 맞은편, 시선이 끝나는 곳에 구부정한 산 하나가 갯벌에 빠져 허우적거리고 있습니다. 한눈을 팔았나 봅니다. 그 모습이 미소 짓게 합니다. 나지막한 산등성이에는 돌과 흙으로 층층이 쌓은 높다란 담장이 눈길을 끕니다. 아름드리 느티나무는 담장에 비스듬히 기대어 섰고, 예전에 본 듯한 기와집은 바다를 향하여 앉아 있습니다. 하필이면 내가 걸어야 하는 길이 그 집 안으로 이어져 있으니 참으로 기이한 일이 아닐 수 없습니다.

　망설임을 뒤로 하고, 솟을대문 안으로 발을 들여놓습니다. 조각한 듯이 빚은 오목조목한 정원이 눈길을 사로잡습니다. 흠을 잡으려고 구석구석 살펴보았으나 어디 한 곳 모자라거나 부족한 부분이 보이지 않습니다. 집 안팎이 말끔하게 정돈되어 있어 손댈 곳이 없습니다. 굽이굽이 휘어진 백일홍의 우람한 자태는 인고의 세월을 말해주는 듯합니다. 장독대의 옹기들은 얼마나 쓸고 닦았는지 반질반질하게 윤기가 흐릅니다. 길 잃은 곤충이 발을 잘못 내딛기라도 한다면 틀림없이 미끄러질 것입니다. 부지런한 안주인의 성품을 짐작할 수 있을 것도 같으나 발걸음 소리, 마른기침 소리조차 들리지 않으니 의아한 생각이 가시지 않습니다. 나뭇잎 서넛이 바람에 나부끼며 바스락거릴 뿐입니다.

마당을 가로질러 뒤뜰로 들어섭니다. 담장 옆에는 감나무 한 그루가 가지마다 깊은 주름을 드러냅니다. 빨갛고 혹은 빛바랜 잎사귀를 한 잎 한 잎 떨구며 세월의 무상함을 알려줍니다. 그 모습이 하도 서글퍼 가던 길을 멈추고 한참을 지켜 서서 바라봅니다. 눈물이 핑 돕니다.

부엌을 지나고, 과방도 지나갑니다. 규방 깊은 곳까지 아무렇게나 지나다니는 것이 마음 쓰이나 나의 의지와는 무관하게 일어나는 꿈속의 행동일 뿐입니다. 이땝니다. 한복을 곱게 차려입은 처녀와 맞닥뜨립니다. 차롬하게 늘어뜨린 머리에는 빨간 댕기를 맸고, 머리카락 한 올 한 올에는 광택이 흐릅니다. 갸름한 얼굴, 까만 눈동자는 어디서 본 듯도 하지만 아무리 생각을 더듬어도 기억해 낼 수 없습니다. 알 듯 모를 듯 짓는 엷은 미소가 내 작은 가슴을 고동치게 만듭니다. 초라한 모습을 어디에 감추어야 할지 황망하기만 합니다.

보기만 해도 아까울 것 같은 그녀가 사뿐사뿐 내 곁으로 다가옵니다. 살며시 고개 숙여 절합니다. 그 자태가 어찌나 곱고, 기품이 흐르는지 세 치 짧은 혀로서는 형용할 수가 없습니다. 달나라의 선녀가 속세로 환생한 것이라 여겨질 뿐입니다. 부끄러움에 고개를 들지 못하고, 땅만 내려다보는 나에게 떨리는 음성으로 속삭입니다.

"몇 년을 하루 같이 기다렸는데 왜 이제야 오십니까. 데리러 오겠다는 언약만 믿었습니다."

나지막하나 슬픔이 묻어나는 음성이 가슴에 커다란 못을 박는 것 같습니다. 붉어진 얼굴이 화끈거려 불덩이가 됩니다. 무거운 죄를 지은 것 같아 그녀를 똑바로 바라볼 용기가 나지 않습니다. 무너지는 마음을 어떻게 추스려야 할지 앞이 캄캄해져 옵니다.

옷을 지을 생각은 언제 했으며, 치수는 어떻게 알았을까요. 말없이 건네주는 의복이 자로 잰 듯 꼭 들어맞습니다. 그녀의 정성이 깃들고, 눈물에 젖은 베로 만든 옷이라고 생각하니 지아비가 된 느낌입니다. 살며시 잡아보는 꽃잎 같은 두 손이 가볍게 떨립니다. 어루만지는 복사꽃 두 볼이 상기되더니 발그스름하게 변합니다. 까만 눈동자에 맺힌 슬픔은 그 깊이를 짐작조차 할 수 없습니다.

살며시 안아 보는 가녀린 두 어깨가 들썩입니다. 뭉글뭉글 피어오르는 저녁연기는 무심하여 말이 없습니다.

덧없는 시간이 야속합니다. 전생의 연이라 말하지 않기로 합니다. 이다지도 허망하고, 애달픈 사랑인 줄 알았다면 애당초 발걸음이 원망스럽습니다. 가던 길도 멈출 수가 없습니다. 가야 할 종착지가 있는 것이 아니고, 오라는 곳도 없습니다. 목적도 알지 못합니다. 그런데도 외로운 나그네 되어 길 떠나야 하는 것은 나에게 주어진 어떤 숙명 같은 것이겠지요. 육관대사가 성진에게 하신 것처럼 덧없는 인생을 일러주는 것인지도 모르겠습니다.

그녀에게 말합니다. 지키지 못할 약속을 하는 것입니다. 반드시 당신을 데리러 돌아오겠노라고. 저만치 손을 들어 배웅하는 그녀를 뒤에 두고, 무작정 길을 잡습니다. 발길이 쉬 떨어지지 않습니다. 눈앞이 흐려지면서 콧등이 시큰거립니다. 다시 돌아올 수 있을까요. 다시 돌아오겠다는 그녀와의 약속을 지킬 수 있는 것일까요. 일 년이 될지, 십 년이 될지 알 수 없는 길인데 말입니다. 내리는 빗줄기가 야속합니다.

꿈이 깨어 버렸습니다. 일장춘몽이라 하기에는 너무나 생생합니다. 다급한 마음에 얼른 눈을 감고 꿈을 이어보지만 이미 늦었습니다. 아, 그녀와의 언약, 그 굳은 맹세를 어찌하면 좋을까요. 이렇게 허망한 꿈일 줄 알았다면, 지킬 수 없는 약속이었다면 차라리 감았던 눈이 떠지지나 말 것을.

황진이가 시를 짓고, 김성태가 작곡한 「꿈」을 읊조려 봅니다. 내림사장조, 4분의 4박자, 안단테(Andante, 느리게)의 가녀린 가락 속에서 그녀를 그려보는 것입니다.

안타까운 마음 너머로 푸른 새벽이 달려옵니다.

꿈(相思夢)

황진이 시
김안서 역

꿈길밖에 길이 없어 꿈길로 가니
相思相見只憑夢(상사상견지빙몽)

그 임도 나를 찾아 길 떠나셨네
儂訪歡時歡訪儂(농방환시환방농)

이 뒤엘랑 밤마다 어긋나는 꿈
願使遙遙他夜夢(원사요요타야몽)

같이 떠나 도중에서 만나를 지고
一時同作路中逢(일시동작로중봉)

그리운 마음

첫사랑만 애틋한 것이랴. 김동환 작곡의 「그리운 마음」이 철없던 시절의 추억을 안타깝게 만든다. 그날로 돌아가고 싶은 마음에 애가 탄다. "추억의 꽃잎을 따며" 불러보는 내 마음의 노래에는 기약 없이 떠나버린 그녀처럼 그리움만 남겨놓았다.

라단조, 4분의 4박자, 안단테의 느린 노래는 외딴 초가집에 살던 시절을 떠올리게 만든다. 철마는 산모퉁이를 따라 거칠게 울부짖었고, 밤이면 짐승의 울음소리 처량하게 들리던 곳이다. "찌들은 내 마음을 옷깃에 감춘" 5월의 그 언덕에는 초록색 보리들이 철길을 따라 바람에 넘실댔다. 머루 줄기는 황록색의 예쁜 꽃을 하루가 다르게 피워냈다. 최후의 일격을 앞둔 매는 넓은 보리밭 위를 휘휘 맴돌았다. 아련히 들려오는 기적소리에 고동치는 가슴을 억누를 길 없었다.

그리움으로 저리는 가슴이야 유년 시절뿐이었으랴. 가정보다는
당신의 삶을 중요하게 여기셨던 아버지였기에 청소년 시절을 고통
과 혼란의 시간으로 보냈다. 찬바람이 채 사라지지 않은 이른 봄
날이나 호박꽃이 돌담을 따라 줄지어 피었던 날에도, 어머니는 가
족들을 위해 멍에를 내려놓을 수 없었다. 코스모스 바람에 일렁이
고 국화꽃마저 져 버린 그 겨울날조차도 골목골목을 누비며 목청
을 돋워야 했다. 아무도 찾는 이 없는 초가 단칸방에서 매캐한 연
기를 벗 삼아, 찢어지는 아픔을 견뎠다.

그날도 어머니는 신작로를 뛰다시피 달려오셨다. 오두막을 지키
며 굶고 있을 자식들이 눈에 밟혔던 까닭에 꽁보리밥이라도 배불
리 먹일 참이었다. 굴뚝에서 하얀 연기가 피어오르고, 옹달샘에서
길어온 밥물이 잦아들 무렵이면 먹물을 풀어놓은 듯한 어둠이 대
지를 덮어갔다. 심지가 하나뿐인 양철 호롱에 불을 밝히면 어둠은
가재처럼 뒷걸음질 쳤다. 어머니가 지으신 보리밥을 후후 불며 달
게 먹었다. 따뜻한 불기운에 취한 탓인지 얼었던 뺨이 홍옥처럼
붉어졌다. 실없는 웃음은 방안을 허허롭게 맴돌았다.

소나기 내리던 여름날 오후, 밀가루를 뿌려 쪄낸 '쑥버무리'는
엿보다, 하얀 쌀밥보다도 더 맛난 먹거리였다. 골고루 섞이지 않은
소다가루 탓에 쓴맛을 안겨줄 때도 있었다. 그래도 쑥털털이를 집
는 손은 바빴다. 일주일이면 서너 번씩 배급받은 옥수수 식빵의

고소함은 어른이 된 지금도 잊을 수 없다. 고물장수 아저씨의 번데기 맛에는 사족을 못 썼다. 누에의 징그럽고 혐오스러운 생김새에 발길을 돌리고 싶었지만 궁금한 입, 배고픔 앞에서는 꺼릴 것이 없었다. 수확이 끝난 하우스 안에서 발견한 자그마한 오이 하나가 행복한 미소를 짓게 했다. 찌그러진 양은 냄비와 바꾼 엿가락은 세상의 단맛이란 단맛은 모두 끌어모았다. 경쾌한 가위질 소리는 언제까지나 귓속을 맴돌았다.

퉁가리 잡던 여름날도, 미꾸라지 잡던 가을날도 흙탕물에 옷을 더럽히는 줄을 몰랐다. 커다란 거머리가 장딴지의 피를 빠는 날이면

"으악"

하는 비명과 함께 소쿠리를 내던졌다. 동네 축구경기에서는 검정 고무신이 더 멀리 날았다. 새총으로 참새를 잡는다고 허세를 부리다 이웃집 창문에 구멍을 뚫었다. 주인아저씨의 호통이 두려워 골목에서 반나절을 숨어 지냈다.

구획정리가 끝난 들판이 키 큰 풀로 뒤덮이면 풀잎을 엮어 요새를 만들었다. 나무총을 다듬어 숨 막히는 전투를 벌였다. 밀 서리는 애교였다. 모닥불 사이로 이야기꽃이 만발할 때, 우리들의 웃음은 밀밭을 가로 질렀다. 정겨운 친구의 얼굴은 흑인 조를 닮아갔다. 겨울의 진미는 얼음지치기였다. 꺼질 듯 말 듯한 얼음판 위로 달리는 스케이트 놀이에는 긴장감이 넘쳤다. 얼음이 깨지는 날이

면 뼛속까지 스며드는 냉기를 모닥불로 물리치느라 부산을 떨었다. 아이들만의 특권이었다.

마당에 우뚝 선 단풍나무는 아침을 여는 참새들의 놀이터였다. 새벽이면 왁자지껄한 수다로서 어둠을 쓸어냈다. 여름날 밤이면 숨바꼭질하느라 시간 가는 줄 몰랐다. 까만 밤하늘에 금강석을 뿌려놓은 은하수에 배를 띄우느라 밤 깊은 줄 알지 못했다. 신작로를 따라 줄지어 늘어선 플라타너스 사이로 상엿소리 구성졌다. 슬픔과 비통의 아케론강을 건널 꽃상여는 함박꽃만큼이나 예뻤다. 줄지어 따르는 무리의 울음에 죽음의 의미조차 모르던 어린 나를 눈물 짓게 했다.

그리움에 사무치는 어린 시절의 추억들이 어제처럼 선명하다. "냇물 따라가고" 싶고, "추억의 꽃잎을 따며" 그날로 달려가는 내 마음이건만 이제는 돌아갈 수 없는 시절이요, 지워지지 않는 시간이다.

저무는 봄날, 느릿한 안단테의 가락에 마음을 실어본다. 고향의 보리밭이 손에 잡힐 듯 선명하다. 삽살개 짖는 소리가 귀에 쟁쟁하게 들리는 듯하다. 가슴을 치는 단조의 우울한 가락은 "발길마다 밟히는" 나의 그림자 되었다.

2
카르멘의 변명

예순 살의 음악은

　예순 살을 맞이한 첫 아침을 생각한다. 그날은 헨델의 「하프협주곡 내림나장조」 작품 4~6을 들으며 눈뜨고 싶다. 보케리니의 「현악 5중주곡 마장조」 작품 11~5 제3악장 '미뉴에트'를 들어도 좋지 않을까. 시금털털하게 변해버린 마음을 상큼하게 빚어 보고 싶은 바람인 것이다.

　나이가 들면 불같은 성격이 무뎌져야 하는 법이다. 남을 지배하고자 하는 욕망과 돈에 대한 집착도 스스로 내려놓아야 한다. 이 시기가 되면 무엇을 하고 싶은 불타는 열망도 누그러뜨리며 무덤덤하게 받아들일 수 있어야 욕을 먹지 않는다. 번잡한 생각은 단순하게 만들고, 강한 것보다 여린 것으로 옮겨야 자연의 순리에 순응하는 것이 된다. 나에게는 아직도 그런 마음이 자리할 틈이 있어 보이지 않는다. 예순을 코앞에 두고 있는 지금도 여전히 올곧은 마음씨를 가진 사람이 좋고, 튼튼한 골격을 가진 음악이 가슴을 고동치게 한다. 찰랑거리거나 카랑카랑한 쇳소리는 가슴 속에 잠자던 영혼을 깨운다. 쭉쭉 뻗어가는 금관악기의 기운찬 가락에 불끈불끈 용기가 용솟음친다. 혈기왕성하던 젊은 시절부터 즐겨 듣던 베르디의 「레퀴엠(requiem)」 중 〈진노의 날〉이나 칼 오르프의 대표작 「카르미나 부라나(Carmina Burana)」의 제1곡 〈운명의 여신이여, 세계의 여왕이여〉에서는 동맥이 터져 붉은 피가 마구 튀어 오르는 듯한 흥분을 주체하기 힘들다.

구스타프 말러의 「교향곡 제8번 내림마장조」 '천인(千人)'을 통해 가슴 벅찬 희열, 무한한 자유를 만끽한다. 목 놓아 부르는 베토벤의 「교향곡 제9번 라단조」 작품 125인 '합창'의 메아리에 넋을 잃고 만 적이 한두 번이 아니다. 바닷물을 가르고, 자유와 평등을 노래한 음향은 외야를 훌쩍 넘어가는 홈런같이 장쾌한 것이어서 헤어나기가 쉽지 않다. 마음이 쓸쓸하거나 비가 내리는 날이면 모차르트의 「피아노협주곡 제21번」의 2악장이 가슴을 치기도 한다. 「소녀의 기도」, 「은파」, 「야생화」, 「부베의 여인」, 「스카보로의 추억」과 같은 음악에 눈시울이 붉어질 때도 있지만 마음속에 감춰진 소녀의 취향이 살아난 것일 뿐이다.

변한다는 것은 까다로워진다는 의미가 아니다. 싱그러웠던 초록잎이 붉게 변하고, 마침내 갈색으로 변하거나 혹은 희뿌옇게 퇴색

되어 가는 것과 같은 자연의 섭리를 말하는 것이다. 단순한 것에서 복잡한 것으로, 초라한 것에서 화려한 것으로 바뀔 수도 있지만 물과 같이 또는 공기같이 무색, 무취, 무미한 멋으로 나아가는 것이 내가 변하고 싶은 방향이다. 기름진 고기보다 옛날에 먹던 강된장이 그립고, 비지장이 그립고, 콩자반이 생각나는 것도 마찬가지다. 관현악곡이나 교향곡처럼 온갖 악기가 저마다의 화려한 색채를 뽐내는 거대한 음향보다 독주 악기 본연의 차분한 음색을 즐길 수 있어야 비로소 이순(耳順)의 음악 경지에 드는 것이리라.

질풍노도와 같은 삶의 노래가 모차르트가 만든 「호른 협주곡」의 울림과 같이 따뜻하고 사랑스러웠으면 좋겠다. 괄괄한 본성도 연두부처럼 부드러워지고, 젤리처럼 말랑말랑하게 변한다면 이보다 더 큰 기쁨이 없을 것 같다. 송곳 같은 말투, 직설적인 어법도 간접화법으로 바꿀 수 있다면 좋으련만 그것이 생각만큼 쉽지 않다. 그나마 다행인 것은 빨랐던 말투와 생각의 속도가 두뇌의 노화와 더불어 저절로 느려지고 있다는 것이다. 투박하고 강한 억양도 누그러지고 있으니 다른 사람으로부터 화내고, 짜증을 부린다는 오해는 덜 받으리라 생각하지만, 산야에 가득한 들풀조차 사랑할 수 있는 마음을 갖기에 아직은 멀다.

젊은 시절의 열정이 첫사랑의 아픔처럼 가슴에 회오리친다. 헨델, 모차르트, 슈베르트, 베르디, 라흐마니노프, 드보르자크, 차이콥스키의 음악적 색채에도 무덤덤해졌으면 좋으련만 도무지 잠재

워지지 않는다. 즐거움을 얻기 위해 듣는 서곡 「루슬란과 루드밀라」에도 가슴이 요동치고 있으니 언제쯤이면 벌거벗은 독주곡의 순수함을 가까이할 수 있을지 기약할 수 없다.

마음과 음악이 하나가 되었으면 좋겠다. 복잡하지 않고, 둥글둥글하고, 정보를 많이 담지 않은 독주곡이면 더 말할 필요가 없을 것이다. 피아노의 희고 검은 건반이 번갈아 울림으로써 조화를 이루듯이 말이다. 그러노라면 너그러운 마음을 가지고 세상을 바라볼 수 있지 않을까 싶다.

예순 살에는 은은하게 피어나는 나만의 음악 세계를 만들어 가고 싶다. 용서하고 이해하는 향기로운 음악이 피어나길 기대하는 것이다.

조순자 선생님의 가곡

　'가곡전수관'을 찾았다. 중요무형문화재 제30호 가곡 예능 보유
자인 조순자 선생님께서 후학을 지도하고, 가곡의 전승·보전에
힘쓰는 곳이다.

　'영송헌'에서 선생님을 뵈었다. 가곡에 대한 열정과 삶을 그린
MBC 특집 다큐멘터리 《우주를 노래하다》를 통해서도 만났다. 음
악교육과에서 선생님을 처음 만난 날은 30여 년 전, 국악개론 시
간이었다.

　선생님의 고매한 인품은 국화 향기처럼 은은했다. 음성은 새벽
녘 이슬같이 맑았다. 말씀에는 기품이 넘쳤다. 몸짓하나가 예스럽
고 고상함을 잃지 않았다. 제자들의 성화에 못 이겨 들려주신 가
곡 한 자락은 천상의 노래였다. 한 치의 흐트러짐이 없었기에 흠

을 잡아내지 못했다. 그런 선생님으로부터 국악통론을 배웠다. 장구며 단소 등의 연주기법을 배워 익혔으니 행운이었다. 왼손잡이가 오른손으로 장구를 배울 때는 한동안 헤맸다. 단소를 배울 때는 입술이 트고, 갈라진 탓에 민요 「아리랑」을 제대로 연주하지 못한 적도 있었다.

전수생에 의한 무대가 열린다. 관현합주 「수제천」, 가야금과 해금의 병주, 시조에 이어 가곡을 연주한다. 남창가곡으로는 우조 언락 「벽사창」, 여창 가곡으로는 우조 우락 「유자는」이다. 피리, 가야금, 거문고, 대금, 해금, 장고 연주자까지 무대에 오르니 아정한 자태가 객석을 뒤덮는다.

집박의 소리가 채찍을 때리듯 경쾌하다. 좌고, 장구의 느린 가락이 장려한 기품으로 홀을 가득 채운다. 부드럽고 유려한 대금의 가락이 플루트를 닮았다. 세피리의 섬세한 선율은 피콜로와 짝을 이룰 것 같다. 가느다란 울림이 모세혈관을 타고 온몸을 휘감는다. 남창의 부드러운 음성, 여창의 맑은 노래가 가슴을 치며 잠자는 영혼을 깨운다. 가야금, 거문고, 해금이 내는 현의 울림은 속세의 온갖 영욕에 젖은 두 귀를 깨끗하게 만든다. 단점이라면 시조 시를 가사로 사용함에도 한글 창제의 원리에 따라 각 음절의 자음과 모음을 단순화하여 길게 소리 내어 노래하는 까닭에 단어를 알아들을 수 없다는 것이다. 아쉬운 부분이다.

'시김새'의 멋을 말씀하신다. "음색과 음질을 변화시켜 가면서,

음악의 독특한 맛을 결정짓게 하는 핵심 요소다. 선율의 자연스러운 연결, 유연한 흐름, 소리의 화려함과 멋스러움을 성취할 수 있다."라고 하신다.

"세상을 떠날 때 가곡을 들으며 눈을 감고 싶다."

선생님의 말씀에 목이 멘다. 가슴까지 먹먹해진다. 그녀만큼 악곡의 깊이를 헤아릴 수 없고, 사랑할 수 없겠지만 조금이나마 선생님의 향기를 마음에 담기로 다짐한다. 잘 익은 간장에서 단맛을 느끼듯이 나의 가곡 사랑도 천천히 익어가지 싶다. 선생님의 가곡 사랑과 열정을 본받을 뿐이다.

2
카르멘의 변명

빠르기표

악곡 전체의 속도를 지시하는 빠르기표는 여러 가지가 있다. 작품의 성격이나 종류에 따라 적절한 빠르기를 선택해야 한다. 그래야만 연주자나 감상자에게 작곡자가 나타내고자 하는 의도를 바르게 전달할 수 있다.

같은 악곡이라도 빠르기에 따라서 느낌이 확연히 달라진다. 장조와 단조에 따라서도 분위기가 변한다. 독일의 작곡가 헤르만 네케(1850~1912)의 피아노곡 「크시코스의 우편 마차(Csikos Post)」는 '알레그로(Allegro)'로 연주할 때 악곡이 주는 묘미를 제대로 느낄 수 있다. 피아노 건반 위에서 미끄럼을 타는 음을 듣고 있노라면 경쾌하고 발랄한 느낌이 말을 타고 달리는 듯하다. 기쁜 소식을 전하는 우편마차의 우렁찬 질주를 온몸으로 느낄 수 있다.

반면, 신귀복 작곡의 「얼굴」은 '안단테(Andante)'로 설정함으로써 보고 싶은 얼굴을 잘 표현했다. 단조의 악곡이라 그렇기도 하지만 느릿한 진행으로 인해 우울하고 슬픈 가락이 가슴을 후벼판다. 빗방울이 그리는 연못의 파문 속에서 그녀를 향한 그리움이 산을 넘고, 바다를 건너게 만든다. 이렇듯 빠르기는 조성과 함께 기쁨, 즐거움, 꿈, 안정, 평화, 우울, 슬픔, 그리움 등을 나타낼 수 있으니 선택을 신중히 해야 한다.

빠르기표의 근본은 '모데라토(Moderato)'에서 시작한다고 볼 수 있다. '빠르게'의 뜻을 가진 'Allegro'와 '느리게'의 뜻을 가진 'Andante'의 중간에 속하는 빠르기로 '보통 빠르기로' 또는 '보통 빠르게'라는 의미를 지니고 있으니 가장 널리 사용하는 빠르기표다. '중용의 속도로', '적당한', '온건한' 뜻으로 표현하기도 하지만 흔히 사용하는 것은 아니다. '모데라토'는 많은 악곡의 감정을 품어 안을 수 있고, 밖으로 드러내기에도 좋은 빠르기표에 속한다. 약간 빠른 악곡도 보듬을 수 있고, 약간 느린 악곡에도 대처할 수 있다는 말이다. 포스터 작곡의 「금발의 제니」는 시냇가를 거니는 아내의 아름다움을 '모데라토'의 빠르기에 실어 로맨틱한 분위기를 잘 나타내었다. 이수인 작곡의 「그리움」은 '안단테'의 빠르기가 적합할 것 같으나 가사의 제목이나 내용과는 다소 거리가 있다고 느껴지는 '모데라토'의 빠르기를 선택했다. 그럼에도 불구하고 그리움에 목이 메고, 그리움에 눈이 멀어 산 위에서 돌이 되는 아픔을 표현하는데 부족함이 없다. 미술에서는 색이 온화하고 적당한 모양을 나타낼 때 '모데라토'라는 용어를 사용하기도 한다.

그러면 어느 정도의 빠르기를 두고 '보통 빠르게'라고 말하는 것일까. 사람마다 느끼는 감정이 같지 않아 다르게 해석될 수밖에 없겠지만 사람의 맥박수 80을 기준으로 삼았다는 설이 있다. 그렇다고 한다면 맥박 80을 '모데라토'로 삼고 이보다 빠른 것과 느린 것으로 빠르기를 가늠한 것인데 오늘날 빠르기의 기준으로 삼는 메트로놈과 비교하여 보면 그 차이가 크다고 할 수 있다. 과거와 현재가 다르고, 사람마다 다르게 느껴진다는 증거다.

'모데라토'의 빠르기는 메트로놈을 기준으로 ♩=108~120 사이의 속도를 말한다. 실제 연주에서는 이보다 조금 빨리 연주하여도 '모데라토'라 하고, 조금 느리게 노래해도 '모데라토'라 하니 빠르기에 있어서만큼은 절대적인 수치로 말하기 곤란하다. 이렇게 본다면 작곡가에 있어서 빠르기를 잘못 설정하는 실수를 줄일 수 있는 빠르기가 '모데라토'가 아닐까 싶다. 빠르기표로서는 만능에 가깝다. 만약 빠르기를 자나 저울의 눈금처럼 절대적인 수치로 표현하고, 처음부터 끝까지 빠르기를 변화시킬 수 없다고 하면 그것은 기계에 의한 음악이지 예술이 될 수 없다. 음악은 수학이나 과학처럼 절대적인 수치로 나타낼 수 있는 것이 아니다. 예술이란 그런 것이다.

'모데라토'보다 빠르게 연주해야 하는 악곡에는 '알레그로

(Allegro)를 붙인다. '빠르게' 연주하라는 뜻이다. '모데라토'를 군인들이 행진하는 속도라 한다면 '알레그로'는 사람이 뛰어가는 속도다. 그렇다고 100m를 전력 질주하는 빠르기를 말하는 것은 아니다. 건강을 챙기면서 즐겁고, 통통 튀는 듯한 빠르기를 말한다. '알레그로'의 빠르기는 활발하거나 경쾌한 음악에 사용할수록 잘 어울린다. 악곡을 연주하는 속도가 빨라 실제 연주에서는 마음이 바빠질 수도 있다. 민첩하고, 화려하고, 격렬한 기질이 있어 정밀하게 연주하여야 하지만 빠르고, 정교하게 연주하는 것이 그렇게 쉬운 편이 아니어서 자칫 잘못하면 음을 뭉그러뜨릴 수 있다. 조심하고 또 조심해서 연주해야 하는 빠르기다. 고전주의 음악에서는 소나타나 교향곡의 제1악장 또는 제4악장에 쓰인다. 변훈 작곡의 「초혼」, 베토벤 작곡의 「피아노소나타 제21번 다장조」 작품 53의 제1악장 등에도 사용되었다.

'모데라토'보다는 빠르게 연주해야 하지만 '알레그로'의 빠르기가 부담스럽다면 이들의 중간에 해당하는 '알레그레토(Allegretto)'를 사용할 수 있다. '조금 빠르게'의 뜻이 있지만 약간은 익살스럽고, 풀잎에 맺힌 이슬이 도르르 구르는 듯한 느낌이 드는 악곡에 사용하면 좋다. 속도는 경쾌한 발걸음에 의한 약간 빠르게 걷는 속도다. 이흥렬은 가곡 「꽃구름 속에」서 '알레그레토'의 빠르기를 아주 잘 살렸다. "마을마다 복사꽃 살구꽃이 꽃구름 되어 피어오르고 진한 꽃향기를 풍기는" 경쾌한 가락을 그림을 보듯 선명하게 그렸다. 슈베르트 작곡의 「피아노소나타 제12번 사장조」 D894 작품 78의 제4악장도 '알레그레토'의 빠르기를 사용했다.

'모데라토'보다 느린 악곡에는 'Andante'가 사용된다. '안단테'라고 읽으며, '느리게' 연주하라는 표니 곧 천천히 걷는 속도다. 우아하고 조용히 흐르는 듯한 느낌을 주는 빠르기라 표정을 나타내거나 우울, 슬픔, 그리움 등을 표현하는 노래에 사용하면 잘 어울린다. 침착하고, 마음이 가라앉은 듯한 조용한 기분이 느껴지는 음악을 만들 수도 있다. 장일남 작곡의 「기다리는 마음」은 고기잡이에 떠났다가 돌아오지 않는 남편을 그리는 아내의 마음을, 미키스 테오도라스키(1925~) 작곡의 「기차는 8시에 떠나네(To tréno févgi stis októ)」는 독일 나치에 대항하여 카테리니행 기차를 타고 떠난 연인에 대한 걱정과 슬픈 감정을 '안단테'로 그리는데 성공한 작품이다.

'안단티노(Andantino)'는 '알레그레토'의 쓰임새와 마찬가지로 '안단테'의 빠르기를 설정하자니 너무 느린 것 같고 '모데라토'로 설정하자니 약간 빠른 느낌일 때 사용한다. '모데라토'와 더불어 널리 사용되는 빠르기표다. 안정적인 느낌의 악곡이나 표정을 담은 악곡에 사용할 수 있다. 김연준 작곡의 「비가」는 슬프고 애잔한 노래다. 듣는 이의 가슴을 후벼 파기 때문에 눈물 없이 부르고, 듣기 곤란할 정도다. 그런 노래를 작곡자는 '안단테'가 아닌 '안단티노'의 빠르기로 마무리 지었다. 덧붙여 쓴 '라멘토소(Lamentoso)'

덕분이다. '슬프게', '가슴 아프게', '비탄조로' 등의 뜻으로 쓰인다.

안단테보다 느린 빠르기표에는 '라르고(Largo)', '렌토(Lento)', '아다지오(Adagio)', '그라베(Grave)' 등이 있다. 세부적으로는 뜻이 조금씩 다르게 사용하지만, 일반적으로는 '아주 느리게'로 사용한다. 채동선 작곡의 「고향」, 박판길 작곡의 「산노을」 등은 '렌토'의 빠르기로 노래하는 대표적인 악곡이다. '알레그로'보다 빠른 빠르기표에는 '비바체(Vivace)', '프레스토(Presto)' 등이 있다. '아주 빠르게' 또는 '매우 빠르게'로 사용하지만, 정확하게 사용하려면 '비바체'는 '빠르고 경쾌하게', '프레스토'는 '빠르고 성급하게'로 구분하여 사용하는 것이 좋다. 이외에도 '라르게토(Larghetto)', '아다지에토(Adagietto)', '비바치시모(Vivacissimo)', '프레스티시모(Prestissimo)' 등이 있지만 많이 사용하지 않는 빠르기표다.

'피아노의 시인'이라 불리는 쇼팽은 '템포 루바토(Tempo rubato)'라는 빠르기를 사용했다. 악보의 첫머리에 빠르기가 정해져 있지만, 'Tempo rubato' 부분에서는 연주자가 미묘한 감정을 표현하기 위하여 자기 나름대로 음표에 따라 빠르기를 변화시켜 빠르게 혹은 느리게 연주하는 것을 말한다. 이렇게 연주하면 악곡의 분위기도 확연히 달라져 전혀 다른 느낌으로 다가온다. 다만, 화음이 흐트러지는 것을 막기 위해 일정한 한계를 두었는데 연주는 감정에서 우러나온 자연스러운 것이라야 한다.

빠르기표는 작곡자가 악곡을 만들면서 가장 적절하다고 생각하는 빠르기를 지정한 것이다. 그런데 연주자에 따라서는 셈여림은 물론 빠르기까지 달리하여 연주하는 경우가 많다. 연주자가 작곡자의 마음이나 감정을 다르게 해석하거나, 악곡의 분위기를 의도적으로 바꾸기 위한 것이지만 바람직한 해석은 아니다. 이런 경우를 대비하여 작곡자는 아예 악보 첫머리에 빠르기를 지정하기도 하는데 ♩=100 또는 M. M. ♩=100과 같은 것이다. 빠르기에 대해서 융통성을 허용하지 않은 경우라 하겠다.

※ M. M. : 멜쩰(1772~1838, 독일 출생의 기계공)이 만든
메트로놈(Metronome, 박자기)의 줄임말.

냇물아 흘러 흘러

"냇물아 흘러 흘러 어디로 가니
푸른 바다 가고 싶어 강으로 간다.

강물아 흘러 흘러 어디로 가니
넓은 바다 보고 싶어 바다로 간다."

초등학교 다닐 때, 즐겨 부르던 동요 「시냇물」의 가사다. 여덟 마디로 된 한도막 형식의 악곡은 길이가 무척이나 짧다. 가락과 리듬이 단순하여 두어 번만 따라 부르면 저절로 입에서 노래가 되어 나온다. 아이도, 어른도, 남자도, 여자도, 젊은이도, 늙은이도 이 해하고 공감할 수 있다. 음악 시간이면 선생님이 연주하는 낡은 풍금 소리에 맞추어 목청껏 따라 불렀던 기억이 새롭기만 하다.

어린 시절에 부르던 노래에는 신명이 있었다. 악곡의 특징이나 가락의 느낌, 가사의 의미를 알지 못했지만, 노래만은 열심히 따라 불렀던 기억이 난다. 교정을 가로지른 노래는 초록으로 물든 들판을 지났다. 넓은 바다를 향해 쉼 없이 달렸다. 강물 같은 세월이 지난 오늘, 새삼스럽게 그날 그 노래가 가슴을 친다. 서글픔과 회한의 응어리가 목을 매게 만든다. 가을비 탓인지 알 수 없는 일이다.

냇물이 강물 되고, 바닷물이 되듯이 나의 광음도 흐르고 또 흘러 지천명을 지났다. 팽팽하던 얼굴에는 주름이 늘고, 까맣던 머리는 백발이 성성한 지경에 이르렀다. 그런데도 성내고, 미워하고, 의심하고, 욕심을 버리지 못하는 마음은 어디에서 비롯된 것인가. 생각의 길이가 짧아지고, 범위 또한 편협함은 어디에서 뛰쳐나왔나. 아침마다 본 것 들은 것 모두 잊어버리고, 입이 있으되 말을 아끼리라 다짐하지만 옹졸한 마음 탓에 어느 것 하나 생각처럼 쉽지가 않다. 먹구름을 닮은 감정의 씨앗은 웃음 보다 찡그리며 사는 날이 더 많게 만든다. 마음속의 때를 말끔히 씻지 못한 탓이다. 오늘도 어제와 같이 변함이 없고, 내일도 오늘과 다르지 않겠지만 마음만은 산골짜기 옹달샘의 맑은 물이고 싶다.

그때, 그 시절로 돌아가고 싶다. 실개천에 종이배를 띄우고, 내 작은 소망을 실어 보내고 싶다. 아지랑이 피어오르는 철길을 따라

보리피리 불며 걸었으면 좋겠다. 들쥐를 노리던 솔개에게 말을 걸고, 누른 벼가 춤을 추는 들판에서 가을빛 한 아름 내 안에 가두고 싶다. 한밤만 자고 나면 어른이 된다는 어머니의 말씀이 하늘로 날고, 화로 속의 고구마가 황금빛으로 익을 때면 외할머니의 옛이 야기가 아랫목에서 피어오를 것이다. 감나무골 야시 이야기며, 호랑이가 곶감이 무서워 줄행랑을 쳤다는 그 이야기들 말이다.

청춘아, 나의 인생아. 너는 무엇을 하며, 살아왔느냐. 청운의 높은 꿈은 어디에 있고, 무엇을 위하여 살아가느냐. 무엇을 남기고, 죽고자 하는 것이냐. 앞만 보고 허겁지겁 달려온 삶을 되돌아보니 기껏해야 헛된 꿈에 지나지 않았다. 진중하게 되돌아보는 삶에는 푸름도, 맑음도 찾을 수 없다. 작은 일이 모여 큰일이 되고, 태어나면 늙어 죽는 과정 또한 잊고 살았다. 빨리 나이가 들어 강물이 되고, 바다 같은 어른이 되고픈 마음만이 간절했다. 아직도 그 기억이 아련하다.

냇물아, 흘러 흘러 어디로 가느냐.

2
카르멘의 변명

사랑의 찬가

「사랑의 찬가」를 노래한다. 사장조, 4분의 4박자, 3부 형식으로 만들어진 악곡은 프랑스의 샹송 가수 에디트 피아프(Edith Piaf, 1915~1963)가 가사를 쓰고, 마그리트 모노(Marguerite Monnot, 1903~1961)가 작곡한 것이다. 이 노래는 프랑스어가 주는 묘한 말맛도 있지만, 사랑하는 연인에 대한 사무치는 그리움을 노래로 승화시켰기에 지금도 많은 사람의 심금을 울리고 있다.

「사랑의 찬가」는 사랑하는 사람을 생각하면서 노래 불러야 가사의 의미를 제대로 느낄 수 있다. 그 사람만이 나의 전부라고 느껴질 때, 마음에 두려움이 싹틀 때, 내 사랑을 굳건하게 지키기 위한 노래가 되어야 한다.

하늘이 무너져 버리고 땅이 꺼져버린다 해도

그대가 날 사랑한다면 두려울 것 없으리.

캄캄한 어둠에 싸이며 세상이 뒤바뀐다 해도

그대가 날 사랑한다면 무슨 상관이 있으리

그대가 원한다면 이 세상 끝까지 따라 가겠어요

하늘의 달이라도 눈부신 해라도 따다 바치겠어요

그대가 원한다면 아끼던 나의 모든 것 모두 버리겠어요

비록 모든 사람이 비웃는다 해도 오직 당신 따르리

그러다가 운명의 신이 당신을 데려간다 해도

그대만 날 사랑한다면 영원에라도 가리

그러다가 운명의 신이 당신을 데려간다 해도

그대만 날 사랑한다면 영원에라도 따라가리라

사랑의 찬가, 사랑의 맹세는 모노의 것만이 아니다. 피아프의 것만 되어서도 안 된다. 나의 노래가 되고, 사랑하는 연인들의 노래가 되고, 세상 모든 이들의 노래가 되어야 한다. 그러나 「사랑의 찬가」에는 가슴 아픈 사연이 숨어 있으니 피아프와 마르셀 세르당의 이야기다.

1947년 10월, 한창 인기를 누리던 피아프는 미국 공연을 위해 뉴욕에 도착했다. 거기서 권투선수 마르셀 세르당을 만났다. 에로스의 화살을 맞기라도 했는지 두 사람은 첫눈에 서로에게 반했고,

곧 열렬한 사랑에 빠졌다. 많은 사람의 시선을 의식해야 했기에 행동이 자유로울 수 없었다. 다정한 연인이 되었지만 커피를 마시고, 저녁을 먹으면서 사랑을 속삭일 여유도 허락되지 않았다. 안타까운 마음, 연모하는 감정을 단 몇 줄의 글로 보내고 받기에도 빠듯했다. 가수로서, 권투선수로서 주어진 일정을 소화하기에도 시간이 부족했으니 말이다.

운명의 장난, 악마의 시샘이었을까. 1949년 10월 28일, 그토록 갈망하던 미들급 세계 챔피언 벨트를 차지한 세르당은 뉴욕에서 공연 중인 피아프를 만나기 위해 비행기에 몸을 실었다. 하지만 악천후 탓에 비행기는 추락하였고, 세르당도 죽음을 피할 수 없었다.

연인의 죽음을 알게 된 그 날 밤, 공연을 앞둔 피아프의 가슴은 어떠했을까. 천 갈래 만 갈래 찢어지는 아픔을 안고 무대에서 노래해야만 했으니 참으로 억장이 무너지는 일이었을 것이다. 피아프의 전기를 쓴 시몬 베르토는 이렇게 말했다고 한다. 「사랑의 찬가」는 "죽어서도 영원히 그와 맺어지려 하는 절실한 심경을 엮은 것"이라고.

아이들에게 위대한 사랑의 힘을 알려주고자 「사랑의 찬가」를 가르친다. 악곡이 길어 지루하지 않을까 걱정이 된다. 3부분 형식의 B부분에서 임시표로 인해 음정이 까다롭지 않을까 고민도 한다. 그러나 노래를 부르는 순간, 그것은 기우에 지나지 않는다. 학생들의 표정에서 진지한 감정을 읽을 수 있고, 가늘지만 음성이 떨리는 것도 느낄 수 있다. 감동적인 가사와 물 흐르듯이 이어지는 가락 덕분에 나 자신도 노래 속으로 빨려 들어가는 기분이다. 유려한 가락, 사랑의 힘은 남녀노소를 뛰어넘는 감정이다.

가끔씩 단꿈에 젖어 있는 나를 만난다. 「사랑의 찬가」가 나의 노래가 되었으면 좋겠다는 생각을 한다. 크지 않은 호숫가에 그림 같은 집을 지어 사랑하는 사람과 한 백 년 살고 싶은 꿈을 꾸는 것이다. 아침이면 물안개에 가렸던 산자락이 얼굴을 내밀고, 산새의 경쾌한 노랫소리에 어둠이 물러가면 피톤치드가 녹아있는 숲속을 거닐고 싶다. 맘껏 새벽공기를 마시노라면 육신의 고통, 마음의 근심이 해 아래 눈처럼 사그라질 것이다. 같은 곳에서 같은 차를 마시며, 같은 사물을 바라보며, 같은 꿈을 키우는 소망을 품는다. 밥상에 마주 앉아 생선살을 당신의 밥 위에 올려 주고 싶다. 세상 이야기를 도란도란 주고받으며 이야기꽃을 피우길 고대한다. 가끔은 당신이 닦아 놓은 까만 구두를 신고, 세상으로 나가면 얼마나 좋을까도 생각한다. 그 속에 커 가는 아이들과 우리의 이야기가 내 삶의 대부분을 차지하겠지만 말이다.

당신은 수건을 질끈 동여맨 아낙이 되어주세요. 나는 괭이와 삽을 든 농부가 되겠습니다. 뒤뜰에 대봉, 호두, 보리수, 자두, 대추를 심고, 창가에는 키 작은 채송화와 봉숭아를 심어요. 호숫가에는 코스모스를 키우고 백일홍, 작약, 칸나가 정원에서 꽃을 피우면 저절로 미소가 지어질 겁니다. 텃밭에 키운 상추, 고추, 들깨, 치커리, 파, 배추로 풍성한 식탁을 꾸민다면 이보다 호화롭고 찬란한 만찬을 어디에서 만나겠어요. 그렇게 한세상 즐기노라면 찬란했던 태양이 서산마루에서 아쉬운 걸음을 옮기듯이, 우리도 할아버지, 할머니가 되어 흰 머리카락과 깊게 팬 주름을 자랑처럼 늘어놓겠지요.

피아프의 「사랑의 찬가」를 생각한다. "하늘이 무너지고 땅이 꺼져버린다 해도 그대가 날 사랑한다면" 두려움이 사라지고, "캄캄한 어둠에 싸여 세상이 뒤바뀐다 해도 그대가 날 사랑한다면" 나의 사랑도 영원토록 변하지 않을 것이다. 당신이 원한다면 이 세상 끝까지 따라갈 수 있고, 아끼던 나의 모든 것도 모두 버릴 수 있었으면 좋겠다. 평온할 수 있고, 당당할 수 있다면 이 또한 신의 은총일 것이다.

세르당과 피아프의 열정이 내 가슴을 붉게 물들였다. 마음에 상처, 괴로움을 「사랑의 찬가」에 실어 훌훌 날려 보낸다.

3
경산조수

입곡지의 봄

남녘의 훈풍이 입곡지를 감싼다. 물가를 따라 줄지어 선 수양버들은 가지마다 연둣빛 고운 잎을 터뜨린다. 호수는 파스텔 색조의 푸른 하늘과 연초록 잎을 피우기 위해 부산한 산등성이를 안았다. 입곡지가 펼치는 새봄맞이에 장끼 한 마리가 갈라쇼(Gala show)를 펼치는지 소나무 우거진 산허리를 가르고 있다.

상류 개울의 가장자리를 따라 물풀들이 수면을 숭숭 뚫고 올라온다. 봄볕을 받아 수온이 오른 호숫가는 붕어와 잉어들이 산란을 하느라 야단법석이다. 월척 붕어를 낚으려는 낚시꾼들로 인산인해를 이룬다. 아버지를 따라 어린 붕어를 낚던 어느 봄날을 생각하며 그곳으로 달려간다.

다리를 건너자 아련한 그리움이 은하수 되어 밀려온다. 논둑을 걷는 발걸음이 바쁘기만 한데 얼었던 땅은 햇볕에 녹아 팥죽을 엎질러 놓은 듯 질척거린다. 바나나 껍질을 밟은 듯이 미끄럽다. 몇 번이나 고꾸라질 뻔한 위기를 모면하면서 작은 나무들 사이를 헤집고 자리를 잡으니 송골송골 맺힌 땀방울이 또르르 구르며 얼굴을 간지럽힌다. 수초가 밀생된 포인트를 보니 어느 때보다 예감이 좋다. 뿌옇게 흐린 물색이 한바탕 대어를 안겨 줄 분위기다.

밑밥을 던지며 붕어를 꼬드긴다. 잡목 사이의 좁다란 하늘 위로 붉은 노을이 꼬리를 감춘다. 찌 꼭대기에 붙은 녹색불이 금방이라도 유리판 같은 수면을 뚫고 하늘 높이 솟아오를 것 같아 낚시찌를 응시하는 시선에 비장감이 감돈다. 이게 무슨 일인가. 매서운 북풍이 기다리기라도 한 듯이 계곡을 따라 장사진을 펼치며 들이친다. 한기를 토해 내자 귀가 떨어질 것 같이 아려온다. 겹겹이 껴입은 옷을 비웃기라도 하듯이 냉기가 바늘 되어 찌른다. 손은 곱을 대로 곱아 낚싯대를 잡을 수 없다. 가만히 있는 몸이 물에 빠진 강아지처럼 저절로 떨린다. 초저녁에 개어 놓은 떡밥은 구슬처럼 딱딱하다. 월척의 꿈을 안고 걸었던 발자국은 고무판에 새겨진 화석이 된다. 3월 초순의 봄밤은 이렇게 가시를 품고 있다.

입질이다. 곧바로 본 어신으로 이어지길 고대하며 기회를 엿보지만 좀처럼 곁을 주지 않는다. 깔짝거리는 입질만 계속될 뿐이다. 찌 불이 살며시 솟는가 싶으면 내려가 버리고, 잠시 후면 또다시 오르내리는 움직임이 계속된다. 1.7칸의 낚싯대가 짧은 탓도 있지만, 산란기의 특수를 만나기 위해 모인 낚시꾼으로 주위가 소란한 것이 더 큰 이유다. 수시로 드나드는 차량의 불빛에도 몹시 신경이 쓰이는 모양이다.

두근거리는 가슴을 진정시킨다. 침 넘기는 소리, 숨소리마저 죽이며 붕어와의 신경전을 벌일 즈음, 찌가 천천히 솟아오른다. 한마디 또 한마디, 마치 느릿한 달팽이의 움직임을 보는 듯하다. 그 모습을 보자 머리칼이 곤두선다. 머릿속이 하얗게 변하면서 호흡을 하고 있다는 사실조차 잊게 만든다. 당장 챔질을 해야 할지, 아니면 더 기다려야 할지 판단이 서지 않는다.

숨죽이며 바라보던 찌가 잠시 멈추더니 이내 솟아오른다. 그토록 애간장을 태우더니 이번에는 쉼 없고, 거칠 것도 없다. 수면에 반사된 찌 불도 크게 벌어진다. 그와 함께 마지막 일격을 날리자 낚싯대가 크게 휘어진다. 뿌지직거리며 비명을 토해내는 낚싯대의 아우성이 예사롭지 않다. 승리의 안도감에 슬며시 회심의 미소를 짓는 그때, 갑자기 낚싯대가 휘어지며 손에 힘이 들어간다. 마지막 생을 예감이라도 한 것인지 순순히 끌려 나오던 붕어가 또 한 번 물보라를 일으키며 최후의 저항을 하는 것이다.

그것이 처음이자 마지막이다. 부지런히 떡밥과 지렁이를 바꾸어 던지며 심기일전해 보지만 나의 기다림을 비웃기라도 하듯이 붕어는 더 이상 찾아오지 않는다. 기대가 크면 실망도 크다고 했지만 한 마리의 붕어로 만족해야 한다. 살림망에 갇힌 붕어가 움직임을 멈추었다. 겁에 질린 듯하고, 장엄한 죽음을 예감하는 듯도 싶다. 그 모습을 보자 갑자기 가슴이 먹먹해진다. 차가운 물 속에서 힘든 하루를 버티기 위해 얼마나 고달팠을까. 먹이 경쟁에서 이겨야 하고, 다른 붕어의 눈치를 보며 사는 삶도 힘겨웠을 것이다. 그래도 무엇보다 힘든 내색할 수 없는 어깨가 무거운 가장이라 생각하니 나의 삶과 오버랩(overlap) 된다.

"붕어야, 사랑스러운 붕어야. 떡밥을, 지렁이를 조심하여라. 달콤한 먹이에는 무서운 독이 숨어 있단다. 그리고 입곡지의 봄을 너에게 주마."

붕어가 어떻게 나의 말을 알아들을까마는 그래도 꼭 해주고 싶은 말이었다. 교교한 달빛을 안으며 논길을 되밟는다. 하얀 배꽃을 닮은 달빛 밟는 발걸음이 가볍다. 수면에 어린 달빛을 따라 요한 슈트라우스 2세의 왈츠 「봄의 소리」가 울리는 듯하다.

3
경산조수

도다리의 눈물

　진해만이 술렁인다. 진달래 분홍빛 꽃망울이 부풀 즈음이면 도다리 맛이 절정에 달한다. 낚싯대를 잡고 쩔쩔매는 아이까지 도다리 삼매에 빠져 헤어날 줄 모른다.

　소녀 같은 봄바람에 낚싯대 끝이 파르르 춤춘다. 초릿대의 불규칙한 진폭에 따라 두근거리는 심장이 삼각 펄스를 만든다. 낚싯대를 잡은 손에 힘을 주어 챔질을 한다. 어찌 된 일인지 무지근하게 당기는 힘과 물고기의 몸부림이 느껴지지 않는다. 오히려 찢어진 그물 조각과 부패한 홍합, 개흙 등으로 뭉쳐진 쓰레기더미가 고약한 냄새를 풍기며 눈살을 찌푸리게 한다. 물속에서 엉켜버린 낚싯줄과 납덩어리가 한데 어울려 만든 결과치고는 참담한 지경이다.

　구산면 원전마을 앞바다도 예전의 그 청정함을 잃어가고 있다.

해마다 오염이 진행되는지 개흙에서 풍기는 악취가 이만저만한 것이 아니다. 폐어구나 함부로 버려진 쓰레기들로 인해 낚싯대를 부러뜨리는 경우가 종종 발생한다. 하루에도 10여 차례나 채비를 망가뜨리기도 한다. 동네 주민과 낚시꾼, 행락객들이 버린 것으로 짐작되는 비닐봉지와 밧줄, 깡통, 자전거 타이어까지 온갖 잡동사니 탓이다. 문명의 찌꺼기가 물고기의 생활 터전을 빼앗고 있다. 날카로운 쇳조각에 몸을 베일 수도 있지만, 폐그물에 걸려 자유를 구속당할지 모른다. 해마다 살이 썩어 문드러져 고통을 당하는 도다리를 보아왔는데, 오늘도 납 봉돌을 단 채비를 드리우고 있는 나 자신을 보니 참으로 어처구니가 없다. 유전자변형을 가져오는 것이 아닌지 걱정된다.

몇 해 전부터 기형으로 변한 도다리를 심심찮게 만난다. 등뼈가 휘어진 녀석이 있는가 하면 등과 배가 썩어가는 녀석이 있다. 머리에 커다란 혹을 매달고 헤엄치는 녀석도 있고, 배와 꼬리지느러미에 상처를 입은 녀석이 마음을 쓰라리게 한다. 입이 비뚤어진 어린 녀석을 만나고 보니 미물이라고 치부해 버리기에는 너무나 가혹한 형벌이다. 얼마나 고통에 몸부림쳤을지 생각만 해도 끔찍하다. 바다를 다스리는 용왕님인들 묘책이 있을까마는 모래 밑에 몸을 숨기고 힘겨운 나날을 보내고 있을 도다리 생각에 마음이 천근만근 무거워진다.

예전부터 낚싯봉과 그물추 재료로 납을 사용해 왔다. 부피에 비해 무겁고, 무른 성질로 인해 가공이 쉬웠던 장점도 있지만 이로 인해 인체에 치명적인 질병을 일으킬 수 있는 단점도 가지고 있으니 양날의 검이라 할 수 있다. 아이의 경우에는 혈중 납 농도가 10~25ug/dL가 되어도 체내에 납이 축적 되어 있다는 신호를 보이지 않는다고 한다. 취학연령이 되어 학습부진, 문제행동, 정신지체 등의 징후를 보일 때에야 비로소 인지된다고 하니 그 무서움의 끝이 어딘지 짐작할 수 없다. 혈액 중 납 농도가 10ug/dL 올라갈 때마다 IQ가 평균 2~3점 떨어진다. 이보다 더 많은 노출에서는 빈혈, 피로, 두통, 심한 복통과 경련, 청각 장애, 성장지연, 지속적인 구토, 혼수 등이 수반된다고 하니 무섭고 두려운 마음이 떠나지 않는다. 성인의 경우에는 혈중 납 농도가 40~50ug/dL가 되면 아이와 같은 증상이 나타나거나 불면증, 기억과 집중 장애, 불임, 신장손상, 고혈압, 사산(유산, 조산) 또는 태아의 신경학적 발달 장애, 남성의 생식기능 저하 등이 나타날 수 있단다. 높은 농도의 납에 중독되면 성인이나 어린이 모두 뇌와 신장이 손상되어 사망할 수도 있다고 하니 고드름 같은 소름이 마구 솟는다.

일본 도야마현의 진즈강 하류에서 발생한 카드뮴에 의한 이타이이타이병 이야기도 빼놓을 수 없다. 이타이이타이병은 환자가 '아프다, 아프다'(일본어로 이타이 이타이)라고 하는 데에서 이름 붙여졌다고 한다. 뼈가 물러지면서 조금만 잘못 움직여도 골절이 일어나고, 심지어 재채기를 하거나 의사가 맥을 짚은 것만으로 골절이 되어 죽음에 이르게 된다고 하니 참으로 무서운 질병이라 할 수 있겠다. 더욱 놀라운 것은 이 병의 원인이 기후현 가미오카에 있는 미츠이 금속광업 가미오카 광산에서 납과 아연을 채굴하고 광석에 포함되어 있던 카드뮴을 제거하지 않은 그대로 강에 버린 탓이라고 한다. 무지가 자연을 파괴하고, 사람의 목숨까지 빼앗은 것이다.

바늘에 찔린 손가락이 아프다고 호들갑을 떤다. 하물며 낚싯바늘에 눈동자를 잃고, 입술이 찢어진 도다리의 고통은 어떠할까. 먹이로 알고 삼킨 지렁이 탓에 아가미까지 떨어져 나가는 고통에 몸부림치는 도다리의 심정은 또 어떠한 것일까. 살이 썩고, 몸이 비틀어지는 모습을 보는 어미의 가슴은 아리다 못해 갈가리 찢어지는 듯한 심정일 것이다. 아무렇게나 버린 납덩어리, 폐어구가 물고기에게는 삶과 죽음을 가르는 치명적인 도구다. 생각 없이 사용하고, 함부로 버린 생활 쓰레기에 마음이 편치 않다.

산을 찾는 사람들이 삼천리 화려강산을 더럽힌다. 농부는 문전옥답을 오염시키고, 바다는 어부와 낚시꾼이 파괴한다. 물고기와 해조류를 가꾸어도 모자랄 판에 뱃전에 묶어 놓았던 타이어를 버리고, 납덩이가 주렁주렁 매달린 폐그물과 밧줄을 바다에 쓸어 넣는데 막을 재간이 없다. 생활 오·폐수가 바다를 병들게 한다. 나들이를 왔던 가족들이 먹고 버린 쓰레기가 해충이 들끓게 하지만 아무도 말리지 않는다. 악취에 숨을 쉴 수 없을 지경인데도 넋 놓고 바라만 봐야 할 형편이다.

언젠가 이 바다에서 나고, 자란 도다리를 먹지 못하는 날이 올 것이다. 물고기의 몸속으로 들어간 유해성분이 각종 질병을 일으키고, 이 물고기를 먹은 사람이 고통받을 날도 멀지 않았다. 도다리의 눈물이 물보라로 흩어진다. 고통에 울부짖는 신음을 파도가 실어간다. 낚싯대 사이로 불어오는 차가운 바람은 서러운 눈물을 닦아달라는 도다리의 애원일지도 모른다.

3
경산조수

붕어의 소망

붕어라고 불러주세요. 양귀비보다, 클레오파트라보다도 더 예쁜 월궁항아(月宮姮娥)라 부르는 낚시꾼도 있습니다만.

저의 꿈은 대단한 것이 아닙니다. 슬픔이 없고, 미움이 없고, 존경과 믿음과 사랑으로 맺어진 이웃들과 오순도순 살아가는 것이 전부입니다. 죽음조차 평온하게 맞이할 수 있는 곳이라면 더할 나위가 없겠지요.

언제부턴지는 알 수 없지만, 불안과 걱정을 안고 살아갑니다. 얄궂은 운명의 지배를 받고, 그 운명이란 허상에 몸서리칩니다. 낚시꾼이 말씀하시더군요. 은빛 갑옷 위로 은은하게 빛나는 황금빛의 몸매가 왕방울만큼이나 커진 뭇 사내들의 시선을 사로잡는다고요. 맑고, 초롱초롱 빛나는 눈망울은 천사를 닮았답니다. 가슴지느러미를 앞뒤로 움직일 때면 엄마를 향해 두 팔을 허우적거리는 아기의 모습이라고 야단입니다. 입술에 박힌 낚싯바늘을 뿌리치기 위해 일으킨 물보라를 사내들의 품속을 파고들며 어리광을 부리는 여인네와 비교합니다. 가당찮은 그 말씀에 하얀 가슴이 새까맣게 타들어 갑니다.

햇살이 합죽선처럼 퍼지는 아침입니다. 봄 처녀의 엎어치기 한판에 동장군이 화들짝 놀라 저만큼 달아납니다. 제가 사는 창녕군 남지읍 대곡리에 자리한 '대곡늪'에도 하루가 다르게 수온이 상승합니다. 하루가 다르게 몸이 따뜻해짐을 느끼는 것을 보면 말입니다. 미생물이 급격하게 번식하면서 늪 전체가 우유를 풀어놓은 듯 뿌옇게 변합니다. 물풀을 키워 보금자리까지 만들어 주니 대피소에 엄개(掩蓋)까지 생긴 셈입니다.

수심이 얕고, 갈대와 부들이 자라는 곳이 월척을 낚을 수 있는 명당임을 어떻게 알았을까요. 오랜 세월 동안 경험하고, 느끼고, 연구한 결과라 말하겠지만 조금이라도 수온이 높은 곳에 알 자리를 찾는 우리들의 습성을 정확하게 꿰뚫고 있으니 불안한 마음을 감출 수가 없습니다. 어둠이 가시지 않은 이른 시간부터 갈대와 부들, 물풀이 자란 늪 가장자리마다 북새통을 이루는 낚시꾼을 보면 원망스럽기도 합니다.

봄이 깊어지기 전에 물풀이나 수몰 나무에 알을 붙여 부화시켜야 합니다. 조금이라도 몸집을 키워야 살아남을 가능성이 높습니다. 부영양화 현상으로 산소가 부족해지는 여름이 오기 전에 지치고 상처 난 몸도 치료하고 싶습니다. 그래야만 큰입우럭이나 블루길같이 무시무시한 외래육식어종을 피할 수 있습니다. 뱀처럼 흉측한 가물치로부터도 벗어날 수 있지만, 무엇보다 낚시꾼의 유혹을 떨쳐낼 수 있는 지혜를 터득해야 하는 까닭입니다.

알 자리를 찾아 헤매다 보니 배가 풍선만큼 부풀었습니다. 체구와 연륜과는 상관없이 산란공(産卵孔)이 열리면 한바탕 물보라를 일으켜야 합니다. 나뭇가지와 수중 장애물, 수초 등에 몸을 비비며 알을 붙여야 합니다. 비늘이 벗겨지는 고통, 꼬리지느러미가 닳아 없어지는 산고 속에서도 탱글탱글한 알을 무수히 쏟아내는 것이 그 무엇보다 중요합니다. 육신의 고통 없이는 다음 세대를 이어갈 수 없기에 이만한 통증은 기꺼이 감수하리라 몇 번이나 다짐하지만, 결코 쉬운 일이 아닙니다. 그 와중에 무리에서 배회하며 호시탐탐 기회를 엿보던 수놈들은 순식간에 정액을 쏟으며 쾌락을 즐깁니다. 진기를 쏟아내는 고통쯤은 아랑곳하지 않는 것입니다.

아, 나의 고통과 괴로움은 어디서 왔고, 누구를 위한 것인가요. 물보라 소리에 귀를 세우는 사람들의 심리는 또 어떤 것일까요. 쾌감으로 듣고, 느끼는 것이 과연 신의 섭리라 말할 수 있는 것인가요. 설령 그렇다고 하더라도 지렁이로 또 식물성 미끼로 우리의 목숨을 노리고 있으니 하늘과 땅과 물속의 이치를 이해할 수 없습니다.

기세등등하던 햇살이 수면으로 내려앉을 무렵, 어리숙해 보이는 낚시꾼이 늪 가장자리의 맨바닥에 자리를 잡습니다. 수초 포인트는 부지런한 꾼들이 이미 점령을 한 터라 한 뼘의 공간도 남아 있지 않았습니다. 알록달록한 파라솔과 텐트로 장사진을 친 것은 월척을 안는 기쁨을 만끽하려는 것입니다. 사내는 아랑곳 하지 않고 기다란 대를 폅니다. 서너 가닥의 줄기와 잎이 수면 밖으로 뻗어 나온 수초 옆으로 채비를 던져 넣습니다. 나는 일찍부터 그 낚싯대의 위력을 보아왔기에 오늘도 치를 떨며 한숨을 쉽니다. 식탐을 물리치리라 다짐을 합니다.

어둠은 하늘뿐만 아니라 땅과 물속까지 삼켜버리는 밤의 지배자입니다. 소리 없이 내려와 아무런 흔적도 남기지 않고 온갖 물상들을 지워버린 것이지요. 그런데 불빛과 소음을 싫어하는 사실은 어떻게 알았을까요. 낚시꾼마다 랜턴 빛이 물속에 비쳐들지 않도록 조심하고 또 조심합니다. 발걸음은 임팔라를 눈앞에 둔 표범처럼 가볍고, 시선은 얼룩말을 앞에 둔 배고픈 사자처럼 찌에만 고정하고 있습니다. 숨죽인 '케미컬라이트'도 긴장된 이 순간을 알고 있는 듯 수면 위와 아래에서 움직임을 멈추었습니다. 개밥바라기별을 닮은 두 개의 초록별을 만들며 긴장을 풀지 않습니다. 기온이 급격하게 떨어지고 있습니다. 기운을 잃었다고 생각했던 북풍이 세찬 물결을 일으키며 수초를 흔들어 댑니다. 잠 못 이루는 기나긴 밤이 될 것 같습니다.

지금쯤이면 낚시꾼도 텐트에서 휴식을 취하겠지요. 손난로와 가스난로에 불을 지폈을 겁니다. 그렇지만 틈새를 들이미는 냉기야 어떻게 막을 수 있겠어요. 모르긴 해도 발가락과 코끝을 쓰라리게 만드는 냉기에 발버둥을 칠 것입니다. 연신 눈꺼풀을 비비며 잠을 쫓아도 아무런 소용이 없습니다. 월척을 안는 장면을 떠올려 보지만 졸음은 너울 파도처럼 밀려와 사정없이 눈두덩을 끌어내릴 것이 분명합니다. 그렇게 긴긴 이월의 밤이 가고 동녘 하늘이 밝아올 때쯤이면 텐트 위에 하얗게 내린 서리와 돌멩이같이 단단해진 떡밥이 모질었던 지난밤을 알려주겠죠. 수면이야 밤새도록 불어댄 바람 덕분에 얼지 않았습니다. 찌는 지난밤의 혹독한 추위와 외로움에 홀로 흐느끼다 잠들었겠지요. 남녘의 꽃소식이 멀지 않기에 비몽사몽 간의 밤은 또 그렇게 지나갔지만 말입니다.

빨강, 노랑, 연두색으로 치장한 찌가 거울 같은 수면을 뚫고 느릿하게 올라오는 순간을 숨죽이며 바라보고 싶을 것입니다. 파르르 떠는 꽃잎처럼 천천히 솟구치는 찌를 바라보며 숨이 멎을 것 같은 흥분에 쌓이겠지요. 그렇지만 꽃이 피는 것도, 사과가 빨갛게 익는 것도 때가 있듯이 커다란 붕어는 함부로 입을 열지 않을 겁니다.

사내가 자세를 고쳐 앉는 모습이 수면 아래로 어렴풋이 비칩니다. 천천히 오른손이 낚싯대로 옮겨가고, 시선이 찌에서 떨어지지 않는 것을 보니 몹시 긴장됩니다. 물속에서 일어나고 있는 현상을 하나도 빠짐없이 알아차린 듯합니다. 커피 두어 모금을 마실 시간이 흘렀을까요. 찌가 수면을 뚫습니다. 허공을 가볍게 찌르며 쑥 솟아오르자 낚시꾼은 조금의 망설임도 없이 힘찬 챔질을 합니다. 비명을 지르는 낚싯대를 달래가며 물속으로부터 전해지는 붕어의 몸부림을 즐깁니다. 만면에는 미소가 가득합니다. 밤새도록 이 순간을 위해 추위와 사투를 벌였던 이유를 알 것도 같습니다.

한순간의 방심이 목숨을 빼앗을 줄 어찌 알았겠어요. 반항이 거셀수록 물보라는 힘차고, 수초 속으로 파고드는 기운이 옹골찹니다. 차가운 물 속에서도 강철 바늘과 나일론 줄, 낚싯대에 맞서 기운을 쓰는 것을 보니 사력을 다하고 있는 모양입니다. 그 모습을 보니 저의 꿈도 사그라질까 두렵습니다. 연약한 입술로 망태기를 쪼는 친구의 모습이 애처롭습니다. 이리저리 탈출구를 찾는 모습이 언젠가는 내 모습이 될 수도 있는 것입니다.

물욕과 권력 나부랭이들을 멀리하렵니다. 젊은 날, 치열하게 살았던 날들이 문득문득 떠오르면 생각의 파편들이 안개 속으로 날려버리려 애를 씁니다. 물안개 사이로 비치는 햇살이 곱기만 한데 말입니다.

3
경산조수

욕심

　여심보다 변덕스러운 초봄이다. 가장자리에 줄지어 선 버드나무가 완두콩 빛깔을 닮은 연한 초록빛을 한 아름 부둥켜안았다. 떡밥을 주무르는 태공들은 봄바람마저 낚을 기세로 등등하다.

　성급한 매화 향기 바람에 흩날리고 쑥을 캐는 아낙이 들판을 누빌 즈음이면 겨우내 잠자던 수초가 새싹을 피워 올린다. 붕어는 산란을 위해 먹이 경쟁에 들어선다. 바야흐로 물속도 새봄맞이에 부산을 떠는 것이다. 이런 사정을 모를 리 없는 낚시꾼은 부들이나 갈대, 연 등이 밀생하거나 수온이 쉬 오르는 얕은 수심의 상류 포인트를 공략하며 월척의 꿈을 키운다. 비늘이 벗겨지고, 상처가 훈장처럼 아로새겨진 붕어의 산고는 아랑곳하지 않는다.

　늙수그레한 낚시꾼이 물고기를 걸었는지 쩔쩔매고 있다. 부러질 듯이 휘어진 낚싯대가 방향을 잃고 허둥거린다. '푸드덕' 거리는 붕어의 몸부림에 물 알갱이가 방울방울 흩어진다. 물 밖 나들이가 싫다고 저항하는 붕어와 최후의 일전을 벌이고 있다. 그런데 하늘을 배경으로 몸부림치는 낚싯대의 길이가 생각보다 훨씬 길다. 내가 펼친 낚싯대와는 도저히 비교할 수 없을 정도다. 초봄에는 짧은 대를 사용하여 수초 주변이나 수심이 얕은 곳을 노리는 것이 정석이나 남보다 크고, 더 많은 물고기를 잡기 위해 경쟁을 벌이다 보니 이 지경이 된 것이다.

모름지기 낚시꾼이란 대자연 속에서 심신을 수양하는 사람이어야 한다. 한 마리의 물고기에 연연하지 않아야 한다. 물고기를 낚는다고 해도 이웃에 나누어줄지언정 사고파는 행위를 하지 않는 것이 어부와 다른 점이다. 그물을 사용하지 않아야 하고, 짧은 대를 사용하는 옆 사람보다 긴 낚싯대를 펼치지 않아야 한다. 비좁은 자리에 무리하게 끼어드는 실례를 범해서도 안 된다. 낚싯대 옆으로 릴 대를 펴지 않는 것은 낚시꾼이라면 마땅히 가져야 할 바른길이다. 많은 물고기를 낚겠다고 혼자만 밑밥을 뿌리는 행동은 밉상 그 자체다. 상처 난 물고기를 보면 가엾고 불쌍히 여기는 마음을 가져야 하고, 어린 물고기는 고이 돌려보내는 것이 낚시하는 사람의 본분이다. 맑은 공기를 가슴에 담되 고성방가와 음주는 금물이다. 농가의 텃밭을 함부로 밟지 않는 세련된 행동이 몸에 배어 있어야 하며, 나뭇가지를 함부로 꺾어서도 안 된다. 밤중에 물속으로 랜턴을 비추거나 모닥불을 피우는 행위는 물고기를 쫓아 버리는 행동이다. 자고로 물고기는 쫓으면서 잡는 것이 아니라 불러 모으면서 낚는 것이 진정한 낚시꾼의 기량이요, 지켜야 할 도리다.

욕심은 가깝고, 낚시의 도는 멀다. 옆 사람이 올린 월척 붕어를 보자 알 수 없는 경쟁심이 발동한다. 짧은 낚싯대로는 입질을 받을 수 없다는 생각이 들자 버드나무가 줄지어 선 물속으로 포인트를 옮기기로 한다. 위험하다고 만류하는 친구를 뒤에 두고 이미 어두워진 저수지로 발걸음을 옮기니 장화를 통해 전해지는 진흙의 감촉이 비누 조각을 밟은 듯 미끄럽다. 양어깨에 둘러맨 장비도 부담스럽다. 잔물결이 이는 까만 수면으로 인해 무섬증도 인다.

나뭇가지에 장비를 걸쳐놓고 채비를 던지니 40cm 남짓한 찌가 서지 않는다. 또다시 5m가량을 더 들어가 보지만 여전히 마음에 드는 수심이 아니다. 하지만 이번에는 일렁이는 물결에 현기증이 일어 앞으로 나아갈 엄두가 나지 않는다. 3칸짜리 낚싯대를 펴서 낮에 사용하고 남은 떡밥을 바늘에 감싸 던지니 나 자신이 미워진다. 붕어 한 마리에 목숨까지 걸어야 하나 싶으니 한심스럽기도 하다.

찌의 움직임이 없다. 쉼 없이 떡밥을 갈고, 싱싱한 지렁이로 바꿔주고 있지만 외면하는 붕어의 마음을 살 수가 없다. 가로등 불빛은 혼곤한데 흔들리는 수면은 수많은 데칼코마니를 만든다. 밤의 음산한 기운은 물속에서 머리를 쳐들고, 불안한 마음은 수면 아래로 자꾸만 가라앉는다. 버드나무의 흐느적거림이 마왕의 춤을 닮았다. 여자의 풀어헤친 머리카락 같기도 하다. 뻗은 팔로 목덜미를 잡아 흔들 것 같아 자꾸만 뒤가 돌아다 보인다. 가로등 불빛으로 인해 새빨간 핏물이 뚝뚝 떨어지는 환영이 좀처럼 지워지지 않는다. 두려움과 월척을 향한 욕심이 팽팽하게 맞서고 있다.

얼마나 졸았는지 한기에 눈을 뜬다. 낚싯대 너머로 하얀 안개가 스멀스멀 피어오른다. 무서웠던 밤이 푸르스름하게 바뀌더니 어느새 붉은 기운이 동쪽 하늘을 범하고 있다.

왜가리 한 마리가 욕심을 버리라며 날개를 퍼덕인다. 물고기는 지난밤이 가소롭다는 듯이 수면을 박차고 뛰어오른다. "비울수록 행복해진다."라는 옛 말씀에 닭 볏처럼 붉어진 얼굴을 들 수가 없다.

경산조수(耕山釣水)

7월의 마산만은 메가리로 술렁인다. 조과를 두고 남녀노소를 차별하지 않는다. 낚싯대의 길고 짧음도 가리지 아니한다. 한나절이면 망태기 가득한 전과를 늘어놓고 질펀한 무용담을 풀어놓게 만든다.

때론 밭을 가는 농부도 천렵의 즐거움을 생각하듯이, 나 역시 세사(世事)에서 지친 심신을 달래고자 메가리 낚시에 빠져볼 참이다. 생활낚시는 값나가는 장비가 필요치 않다. 무엇보다 낚시방법이 쉽다. 낚싯대 하나에 크릴 한 마리로 즐길 수 있는 것이 메가리 낚시이고 보면 여가활동치고는 이만한 게 드물다. 숯불 위에서 노릇노릇하게 익은 메가리까지 맛볼 수 있으니 눈과 코와 입이 덤으로 호강하는 즐거움을 누릴 수 있다.

눈곱을 떼기가 무섭게 새벽을 가른다. 심리방파제에는 이미 부지런한 태공들로 발 디딜 틈이 없다. 채비 손질에 여념이 없는 젊은이와 바다를 향해 낚싯대를 드리운 노인까지 긴장감 넘치는 낚시터의 정경을 만든다. 오늘의 낚시 장소는 '선상콘도'라 불리는 바다 위의 위락시설을 이용할 참이다. 육지나 섬 가까이 띄워놓은 콘도에는 화장실, 텔레비전, 가스레인지, 노래방기기까지 갖추어 놓고 있어 가족과 함께 휴식을 즐기기에 안성맞춤이다. 포인트는 따로 없다. 낚싯대를 드리우는 곳이 메가리를 낚을 수 있는 명당이 된다.

미끼로 사용할 크릴이 물러지지 않도록 굵은 소금 한 주먹을 뿌린다. 손잡이까지 낭창거리는 2.5칸의 연질 낚싯대를 편다. 힘이 장사인 메가리가 물었을 때 제압이 쉽지 않지만, 낚싯대 전체가 휘어지며 진한 손맛을 안겨주기에 주저 없이 1.5호의 카본 원줄에 1호 목줄을 묶는다. 8호 크기의 볼락용 바늘에 통통한 크릴을 먹음직스럽게 끼운다. 자잘한 크릴 한주먹을 수면 위에 뿌리며 유혹의 손길을 내미니 물속은 순식간에 몰려든 메가리 떼로 아수라장이 된다. 한 마리의 크릴을 더 차지하려는지 난투극이 벌어진다. 남보다 더 많이 가지고도 모자라 마지막 하나까지 빼앗으려는 탐욕스러운 인간 나부랭이와 다를 것이 없다.

서둘러 채비를 던진다. 미끼가 자리를 잡았는지 낚싯대 끝이 휘어지며 물속으로 파고든다.

"지지직"

힘겨운 소리를 토해내는 낚싯대가 안쓰럽다. 사투를 벌이는 메가리 한 마리가 마음대로 제어되지 않는다. 덩치가 작은 물고기일지라도 낚싯대에 걸린 힘만은 상상을 초월한다. 이리저리 방향을 바꾸며 콘도 아래로 처박는 메가리에 신경이 쓰인다. 자칫하면 옆 사람의 채비와 얽혀버려 낭패를 당할 수도 있고, 시설물을 묶어 놓은 밧줄에 감겨 버려 낚싯대를 부러뜨리거나 채비를 망가뜨릴 수 있다. 삶과 죽음의 찰나에 있으니 마지막 전의를 불태우는 것이다. 가느다란 낚싯줄이 더 이상 견디지 못하고 터져버릴 것이라 포기하는 순간, 에너지를 소진한 메가리가 처절한 저항을 멈추고 투항한다.

또다시 크릴을 끼워 던지자 이번에는 채비가 정렬되기도 전에 초릿대가 물속으로 처박힌다. 당기는 힘이 예사롭지 않다. 숭어나 돌돔의 입질이라 생각될 만큼 강렬하다. 낚싯대의 탄력을 믿고 버텨보지만 쉽지 않다. 힘으로 제압하려고 든다면야 손바닥 크기의 메가리 한 마리쯤 끌어내지 못할까마는 강한 힘으로 억지로 당기노라면 약한 주둥이가 찢어지는 고통을 당하게 할 수 있다. 줄행랑친 메가리도 살아가지 못할 수 있어 조심하여 다룬다. 오른쪽으로 달린다. 옆 사람의 채비와 엉키기 직전, 방향을 왼쪽으로 바꾸더니 속도를 높인다. 고삐 풀린 망아지요, 서킷을 질주하는 경주용 자동차다. 그렇게 밀고 당기는 실랑이 끝에 간신히 끌어올리고 보니 뜻밖에도 몸집이 통통하고 길이가 한 자 가까이 되는 고도리가 마지막 몸부림에 앙탈까지 부린다.

쉼 없는 입질에 기분이 좋아진다. 손바닥에서 퍼덕이는 짜릿한 손맛에 가슴이 뛰고, 기운이 솟는다. 흥분을 삭이기도 전, 또다시 초릿대가 물속으로 파고드는데 이번에는 낚싯대를 세울 틈이 없다. 워낙 갑작스럽게 받은 입질이라 정신을 가다듬기도 전에 탄력을 잃은 낚싯대가 휘청하며 허공을 가른다. 순식간에 일어난 상황이라 무지막지한 힘을 빼놓는데 실패하고 말았다. 대어를 낚을 기회가 늘 있는 것이 아닐진대 순간의 방심 탓에 챔질의 기회마저 잃고 말았으니 오호통재(嗚呼痛哉)라, 오호애재(嗚呼哀哉)라.

생활낚시의 즐거움은 물고기를 낚는 것에만 있는 것이 아니다. 이웃과 함께 담소를 나누며 입을 즐겁게 하는 것도 중요한 요소다. 낚싯대를 내려놓고 갓 낚은 메가리와 고도리를 손질한다. 천일염을 뿌리고, 숯불에 올리니 구슬 같은 땀방울이 비 오듯 흘러내린다. 바람이 부는 방향에 따라 수시로 바뀌는 연기 때문에 눈이 따갑다. 석쇠에 눕힌 토실토실한 메가리와 고도리가 노릇노릇 익어가니 군침이 돈다. 지글지글 굽히는 소리, 고소한 냄새에 인내심이 바닥에 다다른다.

연세 지긋한 노인 일행을 모셔 평상에 좌정케 하고, 초면인 아저씨와 아주머니, 처녀, 총각도 이웃이라 자리를 권한다. 잘 익은 고도리와 준비해 간 맥주를 한 잔씩 돌리니 분위기가 가을 들판처럼 누렇게 익는다. 노인이 며느리가 챙겨주었다는 도시락을 푼다. 아주머니가 버너와 프라이팬을 꺼내 삼겹살을 구우니 선상 콘도는 삽시간에 잔칫집으로 변한다. 메가리 살점을 베어 무니 자르르한 지방으로 인해 고소함이 입안에 퍼진다. 맥주 한 잔이 가슴을 시원하게 만든다. 돈이 많은 사람도, 지위가 높은 사람도 메가리 숯불구이 맛만큼은 모르지 싶다.

행복이 무엇이고, 불행이란 어떤 것을 말하는가. 부귀공명을 위해 밤새워 몸부림치던 그때를 되돌아보니 헛된 망상이었다. 인생이란 바람에 흩어지는 구름 같은 존재인 것을 왜 미처 몰랐나 싶다. 밭을 매다 느티나무 그늘에서 마시는 한 사발의 막걸리처럼 한 마리의 메가리 구이에도 넘치는 즐거움이 있는 것을.

※ 전갱이 어린 것을 '메가리', 고등어 어린 것은 '고도리'라 부른다.

3
경산조수

한여름 밤의 꿈

　30여 년 전이다. 새내기 음대생으로 만난 천형과 밤낚시를 떠났다. 작열하는 태양과 극성스러운 모기에 시달릴 생각을 하니 걱정이 되었다. 그렇지만 우리의 우정 앞에서는 그 어떤 것도 장해물이 될 수 없었다.

　함안군 법수면과 대산면 사이를 가로지르는 남강의 지류인 '함안천'으로 향한다. 비포장도로를 힘겹게 달려온 시외버스는 '석무마을'을 앞두고 신작로 가장자리에 멈추어 선다. 송아지의 등을 부드럽게 쓸고 온 미풍을 한 사발 들이키며 텁텁한 공기, 땀 냄새로부터 해방을 만끽한다. 그 사이, 뽀얀 먼지를 일으키며 띠구름을 만든 버스는 파란 하늘의 뭉게구름과 진녹색으로 변한 들판과 옹기종기 정다운 지붕들과 밭매는 아낙네를 남겨놓고 꼬리를 감추고 있다.

'함안천'을 찾은 데는 이유가 있다. 악양루 주변의 풍광이 수려한 것도 있지만 낚싯대를 타고 전율하는 붕어의 앙칼진 손맛을 안겨주고 싶었다. 줄배를 타고 수로를 건넌다. 오늘의 목적지로 가기 위해 상류 쪽으로 길을 잡는다. 좁다란 밭둑을 따라 발걸음을 옮기자니 무거운 낚시 장비가 두 어깨를 짓누른다. 만만찮은 무게에 송골송골 맺힌 땀방울이 미끄럼을 탄다. 가슴골을 구르는 물방울이 애무의 손길보다 감미롭다. 저만치 보이는 절벽지대가 씨알 좋은 붕어와 잉어가 무더기로 쏟아지는 포인트라 생각하니 바쁜 마음도 종종걸음을 친다.

유리섬유로 만들어진 2.5칸 낚싯대와 길이가 짧은 릴 대를 맘껏 펼친다. 콩과 보리를 곱게 갈고, 거칠게 부순 옥수수를 첨가한 떡밥을 귓불처럼 말랑말랑하게 반죽한다. '멍텅구리'라고 불리는 다섯 개짜리 바늘에 감싸 던지니 어느새 붉은 노을이 서쪽 하늘을 물들이고 있다. 허기 때문인지 뱃속에서 꼬르륵거리는 아우성도 멈추지 않는다. 강물을 뜨기 위해 수로 가장자리에 내려서니 동물의 사체가 한 무더기의 쓰레기더미와 함께 떠내려간다. 시선을 거두며 상관하지 않기로 한다. 어쩌면 삶과 죽음이 찰나에 있고, 아름다움과 추함 또한 다르지 않은지도 모르기 때문이다. 부처님께서도 "삼계(三界)가 유심(唯心)이요, 만법(萬法)이 유식(唯識)"이라고 했다. 강물을 휘휘 젓고, 티끌마저 후후 불어 라면으로 저녁상을 차려내니 세상만사 부러울 것이 없다. 부귀공명이 한 점 뜬구름일 뿐이다.

붕어가 소풍 갔는지 입질이 없다. 구수한 떡밥을 쉼 없이 던지며 물고기를 구슬려 보지만 피라미조차 다문 입을 열지 않는다. 그 바람에 천형이 고역이다. 처음으로 낚시에 입문한 탓에 무료함과 고독하리만치 적막함을 이기지 못하고 이야기를 엮는다.

친구의 고향은 문경 새재 부근에 자리한 산동네란다. 단군이 나라를 세운 이래, 천형이 처음으로 대학생이 되었던 까닭에 입학을 앞두고 마을 잔치가 열렸단다. 밴드부에 매료되었던 날과 트롬본을 전공하게 된 사연이 꽃 등불 되어 타오른다. 마리아 릴케, 보들레르, 하이네로 이어진 문학 이야기는 또 얼마나 진지하고 재미있던지 부흥강사의 설교보다, 설화집 『천일야화』보다도 더 흥미롭기만 하다.

까만 하늘에 초롱초롱한 별들이 가득하다. 천형의 맛깔 나는 이야기에 넋이 나갔던지 불을 밝히는 것조차 잊은 것이다. 성냥을 그어 '칸델라등'을 밝히자 기다란 불꽃이 꽃망울을 터뜨리기 직전의 분꽃과 비슷하다. 나팔꽃과도 많이 닮았다. 그 귀엽고 순수함에 반한 탓인지 수없이 날아드는 하루살이가 불꽃에 닿으면서 무수히 스러진다. 굵은 모래를 흩어 놓은 것 같은 사체를 보니 내 삶도 저 하루살이와 다르지 않을 것 같다. 한 치 앞도 내다보지 못한 채 찡그리고, 화내고, 괴로워하고, 사랑하는 사람의 가슴을 아프게 한다.

어차피 허망한 꿈과 같은 삶인데 말이다. 또다시 눈과 귀를 천형에게 모은다. 이번에는 윤동주와 김소월의 시 세계가 은하 흐르듯 찬란하게 펼쳐지지만, 그와 내가 살아가는 세계가 다르고, 인생의 깊이 또한 같지 않기에 그저 고개만 끄덕일 뿐이다. 시선은 함안천의 물줄기로 향하고, 마음은 이미 붕어에 집중하고 있다.

낚시는 '운칠기삼'이라는 말이 딱 들어맞는다. 저녁에 없던 입질이 자정이 가까워지자 시작된 것이다. 낚싯대 끝이 부러질 듯 휘어지고, 릴 대의 방울도 쉴 없이 딸랑거린다. 씨알 좋은 붕어는 물 밖 나들이가 싫다고 반항한다. '투두둑' 거리며 앙탈을 부리는 느낌이 좋은지 낚시의 즐거움을 만끽하는 천형의 행복한 비명이 수로에 메아리친다.

망태기에 담긴 붕어의 몸부림이 심상치 않다. 그물망이 비좁기도 하지만 자식 잃은 어미, 어미 잃은 새끼 붕어의 울음이 귀에 쟁쟁하게 들리는 듯하다. 안쓰러운 마음에 슬며시 낚싯대를 거두자 아직도 할 이야기가 남았던지 천형이 새롭게 이야기를 풀어낸다. 이번에는 도무지 재미가 없다. 졸음 탓인지 금방 들었던 이야기도 기억이 나지 않고, 자꾸만 눈이 감긴다. 대답도 건성으로 변한다.

따뜻한 기운에 문득 정신을 차려보니 동녘이 밝았다. 밤늦도록 이야기를 듣다 나도 모르게 깜박 잠이 들었던 모양이다. 두 팔을 벌리고, 맑은 공기를 가슴 가득 들이키니 울창한 전나무 숲길을 걷는 것 같다. 마음은 물론이거니와 오장육부까지 상쾌해지는 느낌이다. 뿌얗게 피어오르는 물안개는 우련하게 비치는 강마을을 신비롭게 만든다. 풀잎에 맺혀있는 영롱한 물방울이 보석처럼 빛난다.

넘치도록 잡는 것은 어부의 몫이다. 낚시꾼이야 매운탕 끓일 붕어 몇 마리면 부족함이 없기에 미련 없이 자리를 털고 일어선다. 살림망에 든 붕어를 가족 품으로 돌려주고 나니 발걸음이 한결 가벼워진다. 맑은 이를 드러낸 이슬은 반짝반짝 환호한다. 새삼스레 그날이 그리워진다.

3

경산조수

오징어 두 마리

하룻밤 사이에 100여 마리나 낚았단다. 손아귀에 꽉 들어찰 정도로 굵은 붕장어란다. 이야기 도중에도 굵어지고, 길어지는 낚시꾼의 뻔한 허풍이지만 얇은 귀가 가려워 견딜 수 없다.

붕장어는 봄부터 가을까지 우리나라 연안에서 낚이는 바닷물고기다. 맛이 좋은 시기는 아무래도 한여름인 칠월부터 팔월까지다. 이때가 되면 한낮의 더위를 피해 붕장어 밤낚시를 떠나는 꾼이 많아진다. 기록을 세우거나 기술을 연마하기 위한 것은 아니다. 입을 즐겁게 만들고, 보양식을 위해 낚시를 떠날 뿐이다. 붕장어는 어렵지 않게 낚을 수 있는 물고기지만 야행성이라 밤낚시가 주를 이룬다. 간혹 먹구름이 잔뜩 드리운 흐린 날이나 물이 탁한 곳에서는 낮에도 낚이는 경우가 더러 있지만 많은 수가 잡히지는 않는다.

방파제, 갯바위, 백사장과 같은 연안에서 릴낚시를 하거나 수하식 양식장 근처에서 배낚시를 하는 것이 일반적인 방법이다.

영양가 높은 붕장어는 누구에게나 인기가 높다. 맛이 뛰어나 낚시꾼도, 일반인도 사족을 못 쓰게 만든다. 한여름 밤이면 어시장 장어 골목에는 호떡집에 불난 것처럼 인산인해를 이룬다. 가게마다 빈 좌석을 찾기 쉽지 않을 정도다. 붕장어 굽는 연기가 초가 마을에 저녁밥 짓는 연기처럼 어지럽게 피어오르니 그 광경 또한 장관이라 하겠다.

장어요리에서 빼놓을 수 없는 것이 회다. 껍질을 벗기고 가늘게 썬 새하얀 살점은 쫄깃쫄깃하게 씹히는 식감으로 인해 쉴 새 없이 젓가락을 부른다. 골고루 배어있는 지방은 씹으면 씹을수록 고소함이 입안 가득 퍼지면서 감칠맛을 더한다. 숯불을 이용한 소금구이는 그 맛이 담백하면서 깔끔하다. 잡냄새가 없다는 말이다. 뼈를 발라낸 살점이기에 입안에서 눈 녹듯이 사르르 사그라진다. 달착지근하고 맵싸한 양념을 바른 구이는 손가락까지 쪽쪽 빨게 만드니 과식의 위험을 감수해야 한다. 얼큰하게 끓인 탕은 또 어떤가. 잠자던 위장을 요동치게 만든다. 눈, 코, 입이 호강하고, 소장과 대장까지 혼미하게 만들지 싶다. 흑산도에서 만난 붕장어탕은 그 맛이 어찌나 뛰어나던지 국물 한 방울까지 남김없이 해치웠던 기억이 새롭다. 당장 뭍으로 떠난다는 다급한 뱃고동 소리에도 아랑곳하지 않고 양은냄비를 긁고 또 긁었으니 말이다.

칠천도가 건너다보이는 원전마을로 붕장어낚시를 떠난다. 김밥을 사고, 배터리를 싣는다. 한여름에도 기온이 뚝 떨어지는 푸른 새벽을 대비하여 방한복도 준비한다. 장비를 챙기면서 칠흑 같은 밤을 하얗게 새워보자고 다짐한다. 아차, 그러고 보니 미끼가 빠졌다. 직장을 먼저 파한 친구에게 문자를 날린다.

"오징어 두 마리"

"오케이"

붕장어는 먹이를 탐하는 성질이 있어 동물성 미끼라면 종류를 가리지 않는 편이다. 갯지렁이나 비린내를 풍기는 고등어, 꽁치와 같은 생선 살도 좋지만, 물오징어의 장점은 한 두 가지가 아니다. 무엇보다 가격이 저렴하고, 구하기 쉽다. 비린내가 옷과 몸에 밸염려를 하지 않아도 된다. 살점이 단단하여 입질하는 도중에 떨어져 나가는 경우가 드물다. 한 마리만 썰어도 두어 명이 밤새도록 사용하고도 남을 정도다. 여기에 붕장어의 입질까지 잘 받을 수있으니 40여 년 전 아버지와 함께한 붕장어낚시에서도 오징어 살점을 사용했었다.

"여기서 낚시를 해 보이소."

어젯밤, 한 사람이 백여 마리나 낚은 포인트라는 선장님의 말씀에 애드벌룬보다 더 크게 가슴이 부푼다. 해가 떨어지려면 제법 시간이 많이 남았지만 양식장 부표에 배를 묶는다. 짧은 선상 낚싯대에 20호 봉돌, 7호 바늘을 묶은 채비를 연결하니 휘파람 소리가 절로 높아진다. 손아귀에서 몸부림칠 붕장어를 생각하니 가슴이 마구 뛴다. 오로지 붕장어를 낚아야겠다는 일념뿐이다.

"오징어 가지고 왔지예?"

"걱정하지 마이소. 두 마리나 가지고 왔심더."

20년 가까이 낚시를 다니고 있는 친구라 의심할 여지가 없다. 그렇기에 어지간한 일이라면 눈치로 짐작하고, 소통할 수 있건만 오늘만은 아닌 듯싶다. 호기롭게 건네주는 까만 비닐봉지가 조간신문을 받아든 듯 얇기만 한 탓이다. 도무지 무게감이 느껴지지 않는다. 미끼로 사용할 물오징어라면 마땅히 물렁물렁한 감촉이 있어야 하거늘 북어처럼 딱딱하고 솜털처럼 가볍다.

"아니, 이게 뭐야."

급하게 풀어보는 두 겹의 봉지 안에는 양어깨가 넓은 오징어 두 마리가 떡하니 포옹하고 있다. 동해의 맑은 바닷속에서 마음껏 헤엄치며 자랐노라 자세가 꼿꼿하다. 울릉도 바닷바람을 쏘인 뼈대 있는 오징어라 뻐기는 듯하고, 멀리 남쪽 바다에까지 왔다고 으스대는 것도 같다.

어처구니없다. 붕장어낚시는 시작도 하기 전에 끝나버렸다. 꾸덕꾸덕하게 마른 오동통한 오징어 살점을 쭉 찢어 질겅질겅 씹으니 실실거리는 헛웃음만 나온다. 그때야 친구가 무릎을 친다. 배꼽 잡은 서쪽 하늘이 빨갛게 물들고 있다.

들망

'막개도'가 건너다보이는 사궁두미 마을에 친구가 산다. 시내버스를 바꾸어 타고, 구불구불한 산길을 한 시간이나 걸어야 도착할 수 있는 작은 포구다. 나지막한 산을 업고, 바다를 향해 팔을 벌린 마을은 고향처럼 편안하다. 넘실거리는 쪽빛 바다에 자맥질하는 흰 구름이 생크림같이 부드러운 느낌으로 가슴을 파고들고, 방파제 옆 비닐하우스에는 홍합을 다듬는 아낙들의 웃음이 까맣게 빛난다. 마을의 대소사가 함박꽃 모양으로 피어나는 장소다.

호떡만 한 얼굴에 피자보다 더 큰 미소를 지은 친구가 마중을 나왔다. 낚시 장비를 받으며 너스레를 뜬다. 요즘은 들망에 도다리가 많이 드니 낚시는 다음에 하잔다. 들망과 미끼로 사용할 홍합을 전마선에 실어 놓았으니 몸만 가면 된다고 하는데 낚싯대를 챙기고, 채비를 만든 시간이 아까워 퍼뜩 대답하지 않는다. 몇 번이나 숨을 몰아쉬며 넘어온 '깔딱고개'를 생각하니 장비를 그냥 두고 갈 수 없다. 한편으로는 들망이 어떤 것인지 궁금증도 한 보따리다.

아버지를 따라 낚시 다닌 지가 얼마던가. 어촌을 누비고, 바닷가를 수없이 거닐었건만 들망으로 도다리를 잡는다는 말을 들어보지 못했다. 무엇으로 만들고, 어떻게 생긴 것인지 짐작조차 할 수 없다. 하다못해 도다리가 잡히는 원리라도 가르쳐주면 궁금증이 풀리련만 직접 눈으로 보고 작업을 해보아야 이해가 된다며 끝끝내 알려주지 않는다. 그렇다. 미래의 삶을 알려고 해도 알 수 없지만 억지로 알아낼 방법도 없다. 답답하지만 희망을 안고 살아보는 것뿐이다.

노를 저어 바닷물을 가른다. 바다가 하늘이 되고, 하늘은 바다로 이어져 하얗게 부서진다. 수면을 헤치고 나아가는 뱃머리 쪽으로 뭉게구름 가족을 앞세운 푸른 산이 바닷속으로 잠겨 든다. 뻐꾸기의 청아한 노랫소리는 전마선을 따르고, 뱃고동의 기나긴 여운은 연둣빛으로 물든 사월의 멋진 날을 노래하는 듯하다.

홍합양식장을 포인터로 정한다. 사시사철 먹잇감이 풍부한 곳간이고 보니 터줏대감 노릇을 하는 갈매기가 제일 먼저 반긴다. 숭어는 오선지 위에서 노래하는 음표처럼 줄 사이를 통통 뛴다. 즐겁게 트위스트 춤을 추는 것 같다. 고등어, 메가리, 노래미, 감성돔에게는 최상의 엄폐물이 되어준다. 바다 밑바닥이 서식 장소인 해삼이나 도다리에게도 무한한 먹거리를 제공하는 보물창고와 다름없으나 포식자로 불리는 불가사리에게는 최고의 사냥터가 된다. 주야장천 진을 치며 노략질을 일삼는 처절한 현장이다.

요강을 엎어놓은 듯한 유리 부자에 배를 묶는다. 그토록 궁금증을 일으키게 한 들망을 뱃전에 펼쳐놓으니 유별나거나 특별한 생김새를 가진 것도 아니다. 강철로 된 튼튼한 굴렁쇠에 코가 큰 그물이 둥글넓적하게 엮어져 있을 뿐이다. 여기에 15cm 남짓한 높이의 기다란 그물이 굴렁쇠의 가장자리를 따라 연결되어 있고, 그 윗부분은 밧줄로 네 군데가 묶여있다. 밧줄을 위로 들어 올리면 그물이 세워져 도다리가 밖으로 나가는 것을 방지하고, 아래로 내려놓으면 도다리가 그물 위로 올라오기 쉽도록 평편해지도록 만들어진 구조로 된 단순한 그물이다.

껍질을 부순 홍합 조각을 들망 여기저기에 흩어 놓는다. 너무 잘게 부수면 가벼워진 무게 탓에 해류에 쓸려간다. 덜 부수게 되면 홍합 특유의 냄새를 풍기지 않아 미끼의 기능을 상실한다. 살점이 반쯤 삐져나오도록 부수는 것이 요령이란다. 대야에 가득 담긴 홍합을 부수고, 대여섯 개의 들망을 자리를 옮겨가며 수면 아래에 안착시키니 순식간에 두어 시간이 훌쩍 지나고 만다. 만선의 기쁨을 생각하니 뛰는 가슴을 감당할 수 없다.

한 송이의 꽃도 허투루 피지 않고, 조그만 열매 하나도 아무렇게나 맺지 않는다. 하물며 살아 숨 쉬는 도다리를 모으고 잡는 것임에야 얼마나 많은 수고로움과 시간이 필요할지 모른다. 섣불리 생각하고 나설 일이 아니다. 군함과 어선이 일으키는 파도에 전마선이 크게 요동쳐도 놀라지 않아야 한다. 달팽이를 닮은 고둥류, 불가사리의 침입도 무던한 마음으로 보아 넘길 수 있어야 한다. 월왕 구천의 와신상담을 운운할 수 없고, 파촉으로 들어가는 유방의 마음에야 비할 수 있을까마는 성급한 마음을 버리고 때를 기다릴 수 있어야만 도다리란 녀석을 만날 수 있다.

잠시의 시간도 지체할 수 없다. 그 어떤 것도 생각하지 않기로 한다. 팔에 잔뜩 힘을 준다. 달빛인양 착각하고 등불로 달려드는 부나방 같은 도다리를 생각하며 들망 올리는 것에만 신경을 모은다. 그런데 들망을 끌어올리기가 생각만큼 만만치 않다. 가느다란 나일론 한 가닥도 물속에서는 저항체가 되거늘 들망 가득하게 흩어 놓은 홍합 부스러기와 넓적한 도다리가 줄을 당기는 방향을 가로막고 있으니 여간 힘 드는 것이 아니다. 젖 먹던 힘까지 짜내고 보니 손바닥은 이미 벌겋게 되었다. 보푸라기 일은 가마니처럼 터실터실해지고 말았다.

"와, 도다리다."

진달래의 수줍은 웃음과 함께 도다리가 돌아왔다. 뱃전에서 펄떡이는 둥글넓적한 물고기에 흥분을 감출 수 없다. 해바라기 같은 환호성에 바닷물이 춤을 춘다. 사궁두미 앞바다가 들썩이는 듯도 하다. 손바닥보다 더 크고 살찐 도다리가 물 칸을 채울 때마다 기쁨이 샘솟는다. 소총처럼 한 방에 한 마리씩 낚아 올리는 도다리 낚시도 재미있지만 한 번에 대여섯 마리를 잡아들이는 대포 같은 들망의 위력에 신기함을 감출 수 없다. 한편으로는 씁쓸한 마음이 들기도 한다. 어쩌면 나 자신도 신이 던져놓은 들망 속의 도다리와 같은 신세일지 모른다는 생각이다. 미끼 속에 감춘 죽음의 바늘을 물고 있는 것은 아닐까. 그물 속에서 허우적거리는 삶인 줄도 모르는데 말이다.

40여 년 전의 그 봄날이 간다.

3
경산조수

그리운 풍경

실랑이를 벌입니다. 막무가내로 떼를 쓰는 아들을 말릴 수 없습니다. 종종걸음으로 뒤를 따르니 아버지는 두 손을 들고 맙니다. 낚시의 세계에 발을 들여놓은 7살 때의 일입니다.

시내를 벗어난 급행버스는 낯선 곳을 향해 질주합니다. 동네 밖으로 나가 본 적이 없던 나는 차창으로 스치는 풍경에 벌린 입을 다물지 못합니다. 코스모스의 군무와 황금 물결치는 들판, 무시무시한 뿔을 가진 황소, 울퉁불퉁한 호박을 인 초가집이 암소의 눈망울만큼 커지게 만듭니다. 끝없이 이어지는 아스팔트 포장도로, 굉음을 내는 트럭과 버스에 정신을 차릴 수 없습니다. 가슴은 방망이를 두드리듯 고동치고, 들뜬 마음이 하늘을 납니다. 자꾸만 멈추어 서는 버스가 미워집니다.

택시로 바꾸어 탑니다. 포인터로 정한 수로까지는 버스가 다니지 않는 까닭입니다. 트렁크에 장비를 옮겨 싣자 쏜살같이 농로를 질주합니다. 뒤를 돌아다보니 뽀얀 먼지가 기다란 띠를 만듭니다. 제트기가 만든 구름 띠를 닮았습니다. 비포장길을 달리며 내는 소리가 우레를 닮았습니다. 전투기 조종사가 된 듯한 착각에 빠지게도 만듭니다. 누렇게 물든 지평선은 하늘과 맞닿아 있어 그 끝을 알 수 없습니다. 엄마 구름, 아기 구름 정답게 노니는 파란 하늘이 두 눈을 시리게 합니다. 자로 잰 듯이 그려진 농로와 수로가 날줄과 씨줄이 되어 바둑판을 만듭니다. 멀리 바라보이는 마을은 한 폭의 수묵담채화입니다.

먼저 다녀간 사람들이 닦아놓은 자리가 그럴 듯 해 보입니다. 망설일 필요가 없습니다. 아무도 앉지 않은 생자리를 포인터로 잡는 것이 좋으나 그렇게 하려면 수초를 걷어야 한답니다. 모여 있는 붕어를 흩어지게 할 우려도 있다고 합니다. 그땝니다. 어디서 나타났는지 밀짚모자를 쓴 농부가 내 앞에 떡하니 멈추어 섭니다. 두 눈을 부라리며 빤히 쳐다봅니다. 나무라는 듯합니다.

'어린 녀석이 공부는 하지 않고 웬 낚시냐.'

그 눈길이 부담스러워 아버지 뒤로 슬며시 숨어봅니다.

장비를 내립니다. 낚싯대는 긴 것도, 많이도 필요치 않습니다. 수면이 온통 마름과 부들, 여뀌 등으로 들어차 있어 2칸대 하나면 충분할 것 같습니다. 미끼통을 여니 두엄 속의 지렁이가 한 덩어리로 엉켜 있습니다. 꾸물거리는 모습에 긴장이 됩니다. 비가 내릴 때마다 마당을 기어 다니는 녀석들을 숱하게 보아왔지만, 막상 바늘에 끼우려고 하니 징그러운 생각에 눈앞이 캄캄해져 옵니다. 한 마리를 살며시 땅바닥에 내려놓습니다. 바늘로 몸통을 찔러보지만 어설픈 동작 탓에 헛손질이 되고 맙니다. 그 틈을 노리기라도 한 듯이 지렁이란 녀석이 풀 섶으로 줄행랑을 치고 말았습니다. 다시 한 마리를 들어냅니다. 이번에는 실수하지 않으려고 지렁이 몸통을 힘주어 잡습니다. 그리고 바늘로 '쿡' 찌르니 노란 체액과 함께 고약한 냄새를 풍깁니다. 불쾌한 마음에 아무렇게나 채비를 던져 넣고 손을 씻었으나 이미 냄새가 손에 배고 말았습니다. 몇 번이나 냄새를 맡아가며 물소리를 내는 바람에 소란만 피운 꼴이 되고 맙니다.

푼수 같은 나의 행동을 위로하는 것일까요. 빨강, 노랑, 연두색이 채색된 찌가 '쏘옥' 솟습니다. 뛰는 가슴을 진정시키고, 살며시 챔질하자 낚싯대 끝이 가볍게 휘어지더니 앙증맞은 붕어 한 마리가 물 밖으로 올라옵니다. 초롱초롱한 눈망울이 어찌나 맑은지 샛별입니다. 그 귀엽고 순진한 눈망울에 이끌려 입맞춤을 하려는 순간, 반쯤 삼키다 만 지렁이에 화들짝 놀라 붕어를 살림망에 던져 넣고 말았습니다.

오후로 접어들자 햇살이 누그러집니다. 잡초를 뽑던 농부도 허리를 폅니다. 누가 들으라고 한 말씀은 아니겠지만 탄식 조의 넋

두리를 합니다.

"붕어회나 실컷 먹어봤으면…"

그 중얼거림을 어떻게 들으셨는지 아버지는 망태기에서 자잘한 붕어 한 바가지를 들어내어 농부에게 건네줍니다. 몇 번이나 손사래를 치며 사양하던 농부는 못 이기는 척 받아들더니 수로 가장자리로 내려섭니다. 눈을 의심하는 일이 벌어집니다. 손톱으로 붕어의 비늘을 긁는 것입니다. 이어 배를 갈라 내장을 끄집어내더니 입으로 가져갑니다. 숨이 끊어지지 않은 붕어는 농부의 입안에서 최후의 몸부림을 치지만 이내 꼬리까지 잠잠해지고 맙니다. 농부의 붕어회 사랑도 유별나지만, 그 무지막지함에 섬뜩한 기분이 가시지 않습니다. 아직도 잊히지 않는 장면입니다.

하늘색이 변하고 있습니다. 진회색으로 변한 하늘에서 추적추적 가을비가 내립니다. 기상청 예보에 따라 진작에 큰 다리가 있는 샛강으로 옮기기를 잘했다는 생각이 듭니다. 쇼팽의 에튀드 12번 다단조 작품 10 「혁명」을 닮은 빗줄기가 강한 바람을 동반하며 세력을 키웁니다. 세상을 집어삼키기라도 하려는지 온갖 물상들을 후려칩니다. 소용돌이치는 강물이 섬뜩합니다. 선혈이 낭자한 이빨을 드러내며 물속으로 끌고 갈 듯한 분위기를 만듭니다. 팔에는 닭살 같은 소름이 가득합니다. 쌀쌀해진 날씨 탓도 있겠지만요.

비바람을 피할 요량으로 교각 위로 오릅니다. 가까스로 오른 교각 위의 공간은 몸을 함부로 움직일 수 없을 만큼 비좁습니다. 심하게 몸부림이라도 치는 날이면 강물로 떨어질 수도 있습니다. 긴장이 풀어지는지 눈치 없는 졸음은 밀물처럼 밀려옵니다. 천근만근 무거워진 눈꺼풀을 지탱하기에는 너무나 나약한 존재가 되었습니다.

언제 폭풍우가 물러났을까요. 새벽안개가 우련한 강변의 정경을 만들었습니다. 마법사가 따로 없습니다. 세차게 흐르는 물소리에 주변이 어수선합니다. 두런두런 말소리가 들리는 것도 같습니다. 아버지께서 수초가 어우러진 홈통을 찾아 붕어를 낚아내며 이웃과 나누는 말씀입니다. 대나무로 엮은 망태기에는 기다랗게 목을 내민 자라 한 마리가 뚜껑을 밀어내며 탈출하고 있습니다. 돌이켜 보니 그 광경이 전혀 오래되거나 낯설게 느껴지지 않습니다.

파란 물감을 풀어 놓은 듯한 가을 하늘에 코스모스 춤을 추고, 황금 물결을 이루던 그 들판이 잊히지 않습니다. 아기 붕어 맘껏 헤엄치던 수로와 찬란한 가을날을 노래하던 황금들판이 기다리고 있을 것 같은 착각에 빠집니다. 지울 수 없고, 지워지지도 않는 그 날을 그립니다. 아버지와 나란히 낚싯대를 드리우고 싶습니다.

3
경산조수

전어

맛

"봄 도다리, 가을 전어"라고 한다. "가을 전어는 깨가 서 말", "가을 전어 굽는 냄새에 집 나갔던 며느리도 돌아온다."라는 말도 전한다. 가을 전어가 얼마나 맛있는지 보여주는 속담이라 하겠다.

전어를 탐탁지 않게 생각하는 사람도 많다. 비린내가 심하고 잔 가시가 많은 탓에 먹기에 여간 성가시지 않기 때문이다. 그래도 가을의 어시장은 펄펄 뛰는 전어가 있어야 제격이다. 찬바람이 일기 시작하는 구월 중순부터 동지까지가 제철이라 한다. 마니아라면 시월에 나는 것을 최고로 친다. 이때라야 비로소 최상의 지방을 지니게 되는 까닭이다.

넓적하게 썬 살점을 입에 넣는다. 윤기를 발하는 탱글탱글한 고

깃덩어리와 잘 숙성된 된장의 구수함이 함께 어우러져 기막힌 맛을 자아낸다. 씹으면 씹을수록 깊은 감칠맛을 내는데 언제 넘어가 버렸는지 알 수 없다. 혀가 춤추고 젓가락을 가만히 있지 못하게 만든다. 구이도 회 못지않은 맛을 안겨준다. 펄펄 뛰는 놈을 서너 마리 골라 빨갛게 불타는 참숯 위에 올리고 미네랄이 풍부한 천일염을 흩뿌리면 기름이 자르르 흐르면서 노릇노릇하게 익어간다. 그 모습이 '진경산수화'를 보는 것보다 더 찬란한 눈맛을 안겨준다. 소주 한 잔에 모락모락 김이 오르는 살 한 점을 떼어 입에 넣으면 초콜릿처럼 사르르 녹아버려 언제 접시 바닥이 드러났는지도 모른다.

전어의 흰 살에 반한다. 분위기에 취하고, 좋은 사람에 넋을 잃는다. '청산리 벽계수야'로 이어지는 유장한 평시조 한 자락에 흥이 오르면 돈 많은 사람도, 고관대작도 부럽지 않다. 지난날의 청운의 푸른 꿈도 접어두면 그뿐이다. 한 곡조의 가락에 즐거워하고, 전어 살 한 점에 즐거움을 느낄 수 있으니 인생의 참 행복은 멀리 있는 것이 아니다. 바로 내 곁에 있다.

힘겨루기

전어와 힘겨루기를 할 참이다. 장대를 내리치며 한판승을 거두는 전어잡이는 신명 나는 잔치고, 흥미진진한 파티다. 추리소설을 능가하는 긴장감과 역동적인 삶이 눈앞에 펼쳐 질 참이다.

선장의 지시에 따라 200m 가까운 그물을 배로 옮긴다. 전어를 놀라게 할 장대와 돌멩이, 밧줄에 둥근 플라스틱 추를 매단 장비를 챙긴다. 바닷물이 튈 때를 대비하여 장화를 신는 것을 잊지 않는다. 고무로 코팅된 장갑도 꼈지만, 우의까지 단단히 챙겨 입는다. 장비를 정돈하고 완전무장을 마치니 구슬 같은 땀방울이 코끝에서 떨어진다. 낙숫물처럼 방울방울 떨어지는 모습이 쇼팽의 「빗방울 전주곡」을 닮았다.

출어의 뱃고동이 출정의 나팔소리처럼 가슴 설레게 만든다. 그물 작업의 위험, 막노동과 같은 육체의 고통은 생각 밖이고, 오로지 뱃전에서 퍼덕거릴 전어 생각뿐이다. 포인트로 달리는 배 주변으로 놀란 전어가 헤엄친다. 물을 차고 나가는 모습을 보면 화살이 시위를 떠난 듯 힘차다. 저런 녀석들을 갑판 가득 잡는다고 생각하니 온몸에 기운이 충천한다.

커다랗게 원형을 그리는 배 위에서 그물을 놓는다. 저서성이 아니라 바닥까지 내릴 필요는 없지만, 무엇보다 빠르게 그물을 놓는 것이 중요하다. 눈치 빠르고 조심성 많은 녀석들이 놀라 흩어지거나 달아나지 않게 하기 위함이다. 기다란 그물 놓기를 마치자 이번에는 장대로 바닷물을 쳐 소리를 낸다. 돌멩이를 던지며 위협한다. 플라스틱 추를 휘두르며 전어 떼를 그물로 몬다. 그때마다 바닷물이 높이 튀어 올라 한여름 장대비같이 쏟아진다. 양동이에 담긴 물을 뒤집어쓰듯 바닷물에 젖는데도 땀은 비 오듯 한다. 몸도,

배도 물 폭탄을 맞은 것처럼 흥건히 젖는다. 얼마나 열을 올렸는지 손바닥이 얼얼하다. 얼굴까지 화끈거린다.

문어처럼 흐느적거리는 몸을 추스르며 그물을 당긴다. 양 끝을 천천히 당겨 그물을 좁히자 도망갈 방향을 잃은 놀란 전어가 이리 뛰고 저리 뛰며 난투극을 벌인다. 삶과 죽음이 갈리는 절체절명의 순간이다. 그에 반해 나의 얼굴에는 기쁨의 미소와 함께 가슴이 고동친다. 만찬의 시간이 가까워지자 콧노래가 나온다. 주렁주렁 열린 사과처럼 그물코마다 걸려 있을 전어를 생각하니 저절로 힘이 솟는다. 회도 뜨고, 매운탕을 끓일 생각에 젖 먹던 힘까지 모으며 기를 쓴다.

"아니, 이럴 수가."

전어가 보이지 않는다. 그물에 포위를 당하여 허둥거리던 녀석들이 어디로 사라졌는지 빈 그물만 올라온다. 그물 중간쯤에는 전어가 달렸을 것이라 심기일전하여 보지만 길 잃은 어린 전어 한 마리도 만날 수 없다. 밀물같이 밀려오는 허탈감에 맥이 풀리는지 다리가 후들거린다. 들뜬 기분은 활활 타는 연탄불에 찬물을 끼얹은 듯 차갑게 식었다. 회도, 구이도, 매운탕도 물거품이 된 것이다. 그 순간, 월산대군의 풍류가 가슴을 친다.

"추강(秋江)에 밤이 드니 물결이 차노매라
낚시 드리우니 고기 아니 무노매라
무심한 달빛만 싣고 빈 배 저어 오노라"

아, 나는 누구란 말인가. 무엇을 하는 사람이고, 어떻게 살아가는 사람이어야 하는가. 물고기를 잡지 못해도 마음이 넉넉하고, 달빛만 실어도 가슴이 넉넉한 그 마음은 정녕 가질 수 없단 말인가. 세속의 물욕과 명리에 연연하지 않고, 세월 따라 유유자적하게 살 수는 없는 것일까. 삶에 대한 철학이 부족하고, 미래에 대한 확신이 부족한 것은 아닐까. 한 폭의 동양화처럼 선명하게 떠오르는 옛 시인의 얼을 생각하자 가슴이 먹먹하다.

바닷물에 얼룩진 안경을 닦는다. 비옷을 벗으니 해 질 녘의 밤바람에 마음이 홀가분해진다. 그 사이, 붉게 빛나던 태양은 고요히 내리는 어둠 속으로 숨어 버렸고, 붉게 타는 저녁놀만 남겨놓았다.

3
경산조수

태공망을 그리며

    푸른 가슴이 물결친다. 눈동자가 파랗게 물든다. 가을하늘 닮은 강물에 청운의 꿈을 드리운다. 곧은 바늘로 천하를 낚아 희롱했다는 태공망을 그려보는 것이다.

    오늘의 포인트는 창녕군 부곡면 낙동로에 있는 임해진 강변이다. 산허리를 깎아 도로를 만든 탓에 수직에 가까운 절벽의 가장자리다. 누른 백사장을 따라 유장하게 흐르는 강물은 천년을 두고 말없이 흐르고 있다. 그 마음을 누구라서 알 수 있을까마는 동지섣달 기나긴 밤보다도 어둡고, 묵언 수행 끝에 얻은 깨달음처럼 깊으리니 인간의 능력으로 짐작조차 할 수 없다. 등 뒤로는 깎아지른 암벽이 하늘을 절반이나 가렸다. 바위틈에는 흔한 풀 한 포기 보이지 않는다. 세상과 철저하게 단절된 절해고도가 바로 여기다.

낚싯대를 편다. 멍텅구리라고 불리는 채비에 깻묵과 보릿가루를 섞고, 곱게 간 콩가루를 첨가한 떡밥을 달아 강물에 던지니 제나라 시조가 되었다는 태공망이 눈앞에 다가온다.

태공망 강상은 동해에서 가난하게 살았다고 한다. 그에 대한 출생과 사망에 대한 정확한 기록은 없지만, 그의 선조가 여나라에 봉하여졌다고 하여 '여상'이라는 이름으로 불리기도 한다. 중국 진나라 때의 역사에 관한 이론서인 『여씨춘추』에 의하면 여상은 나이가 많았음에도 불구하고 한 시대를 다스리고자 하는 큰 뜻을 품었다고 기록되어 있다. 그렇지만 좀처럼 자신의 정치적 야망을 펼칠 주인을 만나지 못하고 있다가 주나라 문왕이 어질다는 소리를 듣고 일부러 웨이수이강(渭水)에서 낚싯대를 드리워놓고 그를 기다렸다고 전한다. 문왕을 만난 여상은 그와 함께 정치를 논하게 되었다. 문왕은 노인의 범상치 않은 모습과 문답을 통해 인물됨을 단번에 알아보았다. "물고기가 물을 만난 격"이란 이들을 두고 하는 말이었다. 여상은 주나라 재상에 등용됨과 동시에 태공망으로 불리면서 문왕의 스승이 되었다. 정치적 기반도 마련되었다. 마침내, 태공망은 무왕을 도와 상나라 주왕을 멸망시켜 천하를 평정하니 그 공으로 제나라 제후에 봉해졌던 것이다.

강태공은 냉정한 전략가였지만 인본주의에 바탕을 둔 정치가였다. 그의 병서 『육도(六韜)』 중 두 번째 장인 무도(武韜)에 의하면 "인민들과 더불어 같이 아파하고, 같은 마음으로 일을 이루고, 좋지 않은 일은 서로 돕고, 좋아하는 일에 서로 모이면 군대가 없이도 이기고, 무기 없이도 공격하며 참호 없이도 지킬 수 있다"라고 설파했다. "전쟁에 있어서 때를 기다릴 줄 알아야 승리할 수 있다." 하면서 시기가 절대적 요소임을 강조했다. 오늘날 '병가의 시조'라고 부르는 이유도 여기에 있다. 낚시인을 '강태공' 또는 '태공'으로 부르는 것도 세월을 낚으며 때를 기다리던 여상을 빗댄 말이다.

그는 한 마리의 물고기에 연연해 하지 않았다. 가난에 못 이겨 아내가 가출하는 고뇌의 시간에도 흔들림이 없었다. 오로지 천하를 낚을 기회를 엿보며 때를 기다릴 줄 알았고, 세상을 낚아채 자신의 것으로 만들 줄 아는 사람이었다. 그렇기에 태공망이야말로 진정 낚시의 도를 아는 사람이요, 천하를 희롱한 낚시인인지 모른다.

나의 삶은 어떠한가. 반백 년이 넘도록 지혜를 좇아 달려왔건만, 시골의 작은 마을은 고사하고 직장에서, 가정에서조차 주어진 몫을 다하고 있는지 의문이 든다. 태공망의 육도는 짐작도, 흉내도 낼 수 없다. 사람은 저마다 가진 그릇의 크기가 다른 까닭이라 스스로 위안할 뿐이다.

대 끝이 크게 휘어지며 붕어의 입질을 알린다. 빠르게 챔질을 하니 낚싯대를 타고 전달되는 붕어의 몸부림이 온몸에 퍼져있는 뉴런을 긴장시킨다. 가슴이 벌떡벌떡 뛰고, 입이 마른다. 그러면서도 시선은 또 다른 낚싯대를 향하고, 두 손은 떡밥을 주무르고 있으니 태공의 길은 멀고도 험하다. 청운의 꿈은 옛 시인의 노래인 듯하고, 기다림의 확신과 믿음은 체념과 포기 속에 멀어진 지 오래다. 가물가물한 기억 속에만 남아 있을 뿐이다.

어둠은 만물의 정복자다. 별빛이 가득해야 할 창공에는 먹물을 풀었는지 반딧불 같은 작은 빛 한 점 보이지 않는다. 시시각각으로 기온이 떨어지는지 어슬어슬 몸이 떨린다. 바쁘게 집을 나서느라 반 팔 차림의 복장에 얇은 옷 하나를 더 가져온 것이 전부이고 보니 난감하기 그지없다. 아니나 다를까 빗방울이 점점 굵어지더니 폭우로 변한다. 우산을 받쳤지만, 빗물이 머리카락을 타고 방울방울 떨어진다. 얼굴을 타고 내린 빗물이 목덜미를 지나 가슴으로 흘러들 때마다 깜짝깜짝 놀란다.

태공망을 버리고 떠난 그의 부인은 어떤 생각을 했을까. 그녀는 왜 인내하지 못했는가. 어떤 괴로움이 있었기에 남편을 버리고 다른 사내를 따랐단 말인가. 늘그막에 만난 무지렁이 같은 사내가 그녀의 진짜 인연이었을까. 차갑고 독선적인 남편보다 자기를 아껴주고 사랑해주는 남자를 택하였는지 알 수 없다. 설사 그렇다고 하더라도 가난과 궁핍 속에 보낸 젊은 시절은 어떤 의미로 남았을까. 백년가약의 맹세를 어찌 잊을 수 있고, 외면할 수 있단 말인가. 재상의 아내가 되어 부귀영화를 누릴 수 있던 삶은 어디에서 찾고, 남편을 저버렸다는 손가락질을 어떻게 외면할 수 있단 말인가. 후일 재상이 된 남편을 만나 눈물로 호소하며 자신의 경솔한 행동을 뉘우쳤다지만 이미 엎지르진 물이다. 강태공도

"쏟아진 물은 다시 담을 수 없다."

라는 말을 남기고 두 번 다시 뒤를 돌아보지 않았으니 천하를 평정한 냉철한 전략가의 모습이라 하겠다.

살을 파고드는 추위가 상상을 초월한다. 입술은 파랗게 변했고, 두 팔에는 소름이 가득하다. 그 와중에도 눈치 없는 졸음은 강렬한 거부의 몸짓에도 불구하고 무자비하게 눈꺼풀을 끌어 내린다. 릴낚싯대 끝에 매단 방울이 울릴 때마다 자다 깨기를 수없이 반복하는 사이 태공망의 지략에 적장들이 무릎을 꿇듯 가을밤의 한 자락도 그렇게 허물어지고 있다.

날이 새기가 무섭게 바위 위에 올려둔 낚싯대가 크게 반원을 그리며 춤을 춘다. 허기를 이기지 못한 붕어가 먹이를 먼저 차지하겠다고 성급하게 달려든다. 그 모양이 창을 꼬나 들고 적진으로 달려드는 기병의 모습 그대로나 가을날의 한 자락은 한바탕 꿈으로 남겨두기로 한다. 천천히 낚싯대를 거두자 건너편 산 그림자가 물안개를 헤집고 고개를 내민다.

강가의 농촌 마을이 산비둘기를 닮은 색채로 다가온다. 산도 옛 산이요, 물도 예전 그대로건만 태공망은 간곳없다. 금잔디 불타는 언덕에 누웠을 서백 또한 그립기만 하다. 나는 누구인가. 무엇을 바라건대 한없이 크고 넓은 가을 강변에 낚싯대를 드리우고 있는 것인가. 그 세월만 해도 어언 40여 년이 되었건만 낚시의 도는 아득한 꿈이다.

그 겨울밤의 일화

누른빛 한 자락이 강물 속으로 잠겨 든다. 벼 밑동만 남은 허허로운 들판에는 팔 부러진 허수아비 홀로 외롭다. 그 너머로 서걱서걱 어둠이 찾아들자 '케미컬 라이트(chemical light)' 초록빛이 강물 위의 쓸쓸한 별이 되었다.

별빛마저 차가운 강가, 하염없이 찌를 바라보고 있음은 쓰라림을 달래기 위해서가 아니다. 사랑하는 사람을 잊기 위해서도 아니다. 오로지 단 한 번만이라도 좋을, 미치도록 아름다운 찌 올림을 보기 위해서 이렇게 목말라 하는 것이다. 찌 불에 대한 환상, 그 끝을 알 수 없는 기다림. 오늘 밤도 그렇게 겨울의 긴긴밤이 깊어 가고 있다.

수온이 낮아지는 11월 중순으로 접어들면 준수한 씨알의 붕어를 만날 수 있는 포인트를 찾는다. 함안천이 굽이굽이 흘러 남강의 본류와 만나는 절벽지대가 바로 그곳이다. 악양루 입구 넓은 공터에 차를 세운다. 언덕 위에 서 있는 두 개의 커다란 바위 사이를 비켜지나니 설레는 마음이 저만치 앞서 달린다. 수로 너머로 펼쳐진 넓은 들판과 굽이치는 남강의 정경이 세상사 일만 근심을 거두어 간다.

'악양루'로 오르는 계단을 앞에 두고, 수로와 맞닿은 급경사의 산자락을 타고 내려가야 오늘의 포인트와 만날 수 있다. 길이 없는 언덕에는 밀가루같이 고운 흙 위에 메추라기 알만큼이나 작은 자갈이 여기저기 널려 있다. 소나무에 매어 놓은 밧줄을 잡고 걸어도 중심 잡기가 쉽지 않다. 더군다나 밤을 지새울 장비에 의자, 파라솔까지 짊어지고 보니 한 걸음 한 걸음이 위태롭기만 하다.

낚시꾼이라고는 나뿐이다. 수면 가득 찌 불을 밝히던 한여름 밤이 엊그제 같은데 매서운 날씨 탓인지 낚시를 했던 흔적을 찾을 수 없다. 여러 날 동안 숙박을 하며 잉어를 노리는 꾼조차 만날 수 없으니 최고의 포인트를 차지했다는 안도감보다 불안한 마음에 차가운 기운까지 더한다. 낯선 곳에 홀로 남겨진 이방인 같기도 하다.

떡밥을 갠다. 달콤한 딸기 향을 첨가한 글루텐이 주재료다. 낚싯대는 5.4m 길이의 3칸대다. 좀 더 길거나 짧아도 상관없지만 3칸대가 최고의 조과를 안겨주었기에 두 대를 나란하게 펴기로 한 것이다. 원줄은 1.2호, 목줄은 7cm 정도의 0.8호 PE 합사, 바늘은 5호다. 찌는 유선형에 유동 채비로 만들었다. 투척과 동시에 수면 위를 뒤뚱뒤뚱 걸어오는 모습이 오리걸음을 닮아 채비를 던질 때마다 눈을 즐겁게 만들어 주는 까닭이다. 남은 것이라고는 황금빛을 띤 월척 붕어가 덥석 물어주는 것뿐이다.

과연 낚시는 기술보다 운이 조과를 좌우하는 것인가. 새털만큼이나 가벼운 5푼짜리 찌가 조금의 움직임도 없다. 채비가 헝클어지거나 찌 맞춤이 잘못된 것이 아니다. 기온이나 수온도 평년과 다름없다. 떡밥도 부지런히 갈아주고 있다. 불안한 마음에 낚싯대를 몇 번이나 거두어 살펴보지만, 채비에 이상이 있어 보이지는 않는다. 빨강, 연두, 노랑이 차례대로 그려진 찌의 색상이 선명하고, 몸통에는 조그만 상처 하나 없다.

밤이 깊어가자 칼날 같은 북풍에 물안개가 흩어진다. 바위에서 솟은 송곳 같은 냉기가 온몸을 찌르자 두 팔 가득 소름이 돋는다. 두꺼운 옷을 겹겹이 껴입었으나 소용이 없다. 바람을 피할 수 있고, 몸이라도 움직일 수 있으면 좋으련만 절벽 바위 끝에 쭈그리고 앉은 터라 초겨울의 찬바람을 온몸으로 막아내야 한다. 초저녁부터 언 손은 낚싯대를 힘주어 잡을 수 없을 만큼 곱았다. 발가락은 시리다 못해 아려온다. 얼굴을 비비고, 허벅지와 장딴지를 두드려 보지만 임시방편일 뿐이다. 엎친 데 덮친 격이요, 설상가상의 밤이 시작된 것이다.

자정이 지나자 무서움이 엄습한다. 찌가 솟고, 하얗게 부서지는 물거품이라도 볼 수 있다면 방정맞은 생각이 가시련만 오늘따라 이상하리만큼 고요하다. 들판 끝에 있는 농가의 불빛도 가물거린 다. 최고의 포인트를 차지했다는 기쁨도 사라진 지 이미 오래다. 으스스한 기분이 목덜미를 지나고 온몸을 감싸 안으니 뒷산 그림 자가 마귀의 모습으로 다가온다. 강물에서 검은 손이 불쑥 솟아오르는가 싶으니 등줄기에 얼음물을 끼얹는 듯 벌벌 떨린다. 멱살을 움켜잡힐 듯도 싶다. 처녀 귀신의 풀어헤친 머리카락처럼 피어오르는 물안개도 예사롭지 않다. 어린 시절, 어머니 무릎 위에서 듣던 무서운 이야기의 한 토막 같은 분위기라 머리끝이 곤두서고, 피가 거꾸로 도는 듯하다. 자꾸만 자꾸만 강물로 끌려 들어갈 것 같은 생각이 들자 찌를 바라볼 용기가 나지 않는다. 낚싯대를 접어야 한다는 생각만이 뇌를 헤집고 다닌다.

급하게 챙기는 장비가 정돈될 리 만무하다. 낚싯줄은 얽혀버린 실 뭉텅이가 되고, 낚싯대와 받침대의 방향은 제멋대로다. 바늘과 봉돌, 자잘한 소품을 가방에 쓸어 넣으니 참깨와 들깨와 콩을 뒤섞은 겪이다. 라면 국물이 흐르는 코펠과 버너도 떡밥과 함께 가방 속으로 쑤셔 넣고 보니 짬뽕이란 이를 두고 하는 말인가 싶다. 한시라도 빨리 이곳을 벗어나고픈 생각뿐이다.

가까스로 오른 바위 위에서 랜턴을 켜자 불빛이 희미하다. 건전지를 확인하지 않은 것이 후회된다. 언덕을 오르는 것에만 신경을 집중시키고 한 걸음 한 걸음 옮기는데 다리가 휘청거린다. 시커먼 강물이 두 눈을 어지럽히자 철렁하며 가슴이 내려앉는다. 이번에는 랜턴에 비친 나무 그림자가 날름거리는 혀가 되어 내 주위를 맴돈다. 두 다리를 당기며 물로 끌어들이는 것 같아 공연히 헛기침을 뱉는다. 고래고래 고함을 지르지만 그때뿐이다. 바쁘게 걷는 발부리에 채인 돌멩이는 강물로 떨어지며 울부짖는다. 저승사자의 날랜 발걸음 같고, 여인의 호곡성(號哭聲)을 닮았다.

어떻게 올랐는지 생각이 나지 않는다. 낮에 걸었던 오솔길로 접어들자 자동차 달리는 소리가 희미하다. 언뜻언뜻 지나가는 불빛에 맥이 풀린다. 허수아비 비웃으며 손가락질한다.

역마살이 끼었을까. 그 많던 공휴일의 한 허리를 자르지 못하고 물가로 떠돌고 있다. 자연을 향한, 자연에 의한 삶이란 어떤 것일까. 정녕, 낚시에 대한 집착은 끊을 수 없는 것일까. 한 마리의 붕어에 웃고, 빈 망태에 아쉬워하는 나는 누구인가. 무엇을 탐하고 있는 것일까. 곧은 바늘로도 세월을 낚을 수 있고, 물만 바라보아도 행복한 사람이기를 바라는데 말이다.

4
별이 된 친구를 그리며

4
별이 된 친구를 그리며

가면무도회

　진실을 외친다. 정의를 부르짖는다. 거짓으로 행동하고, 위선의 삶을 산다는 것에 가슴 한구석이 바늘에 찔린 듯 아프지만, 본질은 뒷전이고 현상에만 집착한다. 신념으로 뒤덮인 숲속에 산다고 수십 번을 넘게 뇌까려도 실상은 햇볕 아래 한 줌의 눈이다. 당당하던 마음도 사흘을 넘기지 못하는 경우가 대부분이다.

　유유히 흐르는 강물을 보라. 강물은 순리를 거스르지 않는다. 언제나 흘러야 하는 한 방향으로만 흐른다. 질풍노도와 같은 사춘기를 보내고 예순을 코앞에 두고 있는 이 시점까지 걸어왔지만, 혼란과 갈등 속에 번민하고 있다. 좌충우돌하게 되는 것은 정체성에 대해 내가 할 수 있는 역할이 혼란을 일으킨 탓이다. '나는 누구인가?', '나는 무엇을 할 수 있는가?', '나는 무엇을 위해 사는가?'

와 같은 물음에 대한 해답을 얻기 위해 끊임없이 고뇌하고 있다. 적은 힘이나마 불의에 항거하며 몸부림을 쳐보지만 그렇다고 해서 해답을 얻은 것도 아니다. 오히려 세월이 감에 따라 세상사에 적응하고, 순응하는 삶을 살게 된다. "벼는 익을수록 고개를 숙인다.", "빈 수레가 요란하다."라는 핑계로 위안 삼는 것이다. 저마다의 변하지 않는 본질을 보지 못하고, 말과 행동으로 그럴듯하게 포장하여 보여주는 현상에만 집착한 까닭이다.

30년이 넘는 세월 동안 직장생활을 했으나 참된 것을 참되다고 말하는 사람을 보지 못했다. 잘못된 것을 잘 못 되었다고 말하는 사람도 드물었다. 대개는 자기의 신념을 스스로 거두어들였으며, 소소한 실수조차 비굴한 표정을 지으며 용서를 구했다. 위풍당당한 관리자와 수많은 선임자가 다녀갔지만 힘들고, 책임이 따르는 일에는 한걸음 물러나는 것을 당연하게 여겼다. 상사의 질책이나 상부의 지적사항에 대해서는 앞뒤 사정과 당시의 형편을 고려하지 않았고, 한결같이 자신의 잘못을 부하직원에게 떠넘기는 것이 예사였다. 책임을 회피하는 것이 다반사였으니 유치하고 졸렬한 정치인을 보는 듯했다. 대답하기 곤란한 내용, 치부가 드러나는 행위에 대해서는 모르쇠로 일관했다. 크고 작은 공은 언제나 자신의 능력인 양 과대 포장했으니 회전의자에 앉은 사람의 특권이었다.

갑질을 일삼은 사람치고 철면피 아닌 사람이 없었다. 낯은 오겹살보다 두껍고, 질기기로는 소가죽을 능가했다. 공짜로 먹고, 마시는 것을 당연시했다. 주지 않으면 은근히 갈구었다. 바른말을 무시하고, 경멸하는 말투로 좌중을 억눌렀다. 아랫사람이야 마음의 고통, 경제적 빈곤을 당하든 말든 자신은 상관할 바가 아니었다. 문제는 조고(趙高, 미상~BC. 207년 추정)를 닮은 인물이 진나라에만 있지 않다는 사실이다. 그가 죽은 지 2,000년도 훨씬 더 지난 오늘날에도 늘리고 늘린 사람이 그와 같은 부류였다. 입만 열면 권력자를 칭송하고, 눈만 뜨면 아첨을 늘어놓았다. 듣기 싫은 말도 달콤하게 포장하고 번지르르하게 꾸며야 도깨비 감투를 쓰고, 완장도 오래 찰 수 있다는 것을 일찍부터 깨달은 탓이다. 우정도, 동료애도, 사회규범조차 지존의 권력 앞에서야 쓸모없는 것에 지나지 않는 것이었으니 한 줌의 권력을 지키기 위해서 수단과 방법을 가리지 않았다. 신념은 멀리 있고, 개똥철학마저 버린 지 오래이니 자신의 권력을 유지하는 것만이 전부였다.

빙글빙글 돌아가는 회전의자에 앉기 위해서라면 모함을 벌이는 것쯤은 주저하지 않았다. 허풍과 과장으로 사건을 몰고 가는 것은 일상적으로 벌어지는 사건이라 새삼스러울 것도 없었다. 바늘이 지팡이가 되고, 하품이 뇌성이 되도록 꾸며야 자신에게 권력이 도래하는 것이니 아무개와 그를 추종하는 무리의 소행이었다. 자신의 앞날을 위해서 재빠르게 줄을 바꾸어 탈 줄도 알았다. 민첩함은 그 어떤 사람도 따를 수 없는 경지였다. 썩은 새끼줄과 튼튼한 동아줄을 구별할 줄 알았고, 서슴없이 신발을 바꾸어 신을 줄 알았다. 옛사람이 떠나기도 전에 새사람에게 비굴한 웃음을 흘렸다. 어제까지만 해도 질시하고 손가락질하던 사람 밑으로 오늘 가장 먼저 들어가 충성맹세를 하였으니 처세의 오묘함은 밤하늘에 빛나는 오로라였다. 먹이를 빼앗기 위하여 이빨을 드러내는 하이에나와 다름없었다.

어제까지 다정한 동료도 오늘은 미운 상사였다. 케케묵은 전설까지 침소봉대하여 고해바치며 동료의 가슴을 허물었다. 선배 아무개는 환갑을 앞두고도 부장에서 탈락하자 눈이 벌겋도록 울었다. 아무개는 아내의 인맥을 동원하며 부장 자리를 탐했고, 아무개는 주군의 장모상에까지 상복을 입었다. 그의 아내는 탈상 때까지 부엌일을 도맡았다. 따가운 눈총, 손가락질을 개의치 않았다. 암고양이 같은 아무개의 아양에는 아연실색하지 않을 수 없었다. 아침마다 상사의 어깨에 앉은 비듬을 털었다. 동성의 후배에게 충성하는 방법을 지도했다. 마음에 들지 않으면 두 눈을 부라리며 꾸짖었으니 윗사람 섬기는 법을 알았다.

착하고 어진 성품을 지닌 사람이라고 해서 반드시 신념까지 투철한 것은 아니었다. 내가 뛰어난 성과를 낸 것이라면 모를까 다른 사람이 낸 성과에 대해서는 모르쇠로 일관했다. 잘하는 것은 당연히 해야 할 일을 한 것이기에 모르는 척 외면하는 것이야말로 나를 이롭게 하는 것이었다. 다른 사람의 잘 되는 것은 "사촌이 논을 사는 것"과 같이 배 아픈 것이니 은근히 시기하고 질투하는 마음이 밖으로 표출된 것이기도 했다. 다툼에 휘말리지 않겠다는 속셈이며, 권력자의 비유를 잘 맞춰 일신의 안녕을 위해 시류를 좇는 격이다.

격려와 칭찬이 무시와 원망으로 변하는 것도 순식간이었다. 조석(朝夕)으로 충성을 요구하고, 틈만 나면 자신의 행동을 정당화한 권력자도 새롭게 등장하는 인물에게로 순식간에 마음이 옮겨갔다. 권력자는 신념이 굳은 아랫사람을 원하지 않았다. 능력이 출중하거나 진실한 사람, 일 잘하는 사람을 칭찬하는 듯하지만, 실상은 아첨하고 아부하는 사람에게 마음이 갔다. 어쩌면 나를 좋아하고, 나에게 물질을 안겨주는 사람을 더 좋아하는 것이 인지상정인지 모른다. 조직이야 이미 시스템화되어 굴러가는 것이니 크게 상관하지 않았다. 조직 중의 누군가는 자신을 희생하며 성과를 낼 것이니 권력자의 인사(人事)야말로 땅 짚고 헤엄치기다.

비루먹은 말을 씻긴다고 하여 태깔이 날 턱이 없고, 뿌리가 썩은 나무에서 향기로운 열매가 맺히지 않는다. 튼튼한 다리를 가진 말이 잘 달리고, 뿌리 깊은 나무에서 무성한 잎, 달콤한 열매가 맺히는 법이다. 그렇듯이 진실한 사람은 거짓을 만들지 않는다. 남을 해 할 생각도 없다. 오로지 자신이 맡은 일에만 열중한다. 반면에 교활한 사람은 간사한 꾀로 남을 속여 희롱한다. 목적을 달성하기 위해 모략과 중상 등 수단과 방법을 가리지 않는다. 그러니 참(眞)을 참이라고 말하지 않고, 인(仁)을 인이라 말하지 않는다. 본질인 음흉한 마음은 숨겨두고 그럴듯한 말로 현상을 내보이며 간교를 부리는 것이니 진실이라고 믿을 것이 못 된다는 말이다. 깨알만큼이나 작은 자신의 성과를 수박만 하게 부풀리며 허풍에 열을 올리지만 내가 없는 곳이라면 때와 장소를 가리지 않고 사소한 나의 실수조차 깎아내릴 것이 분명하다. 그러니 당신을 최고라고 치켜세운들 그 말을 곧이곧대로 믿어서는 안 된다.

"물이 지나치게 맑으면 물고기가 놀지 않는다."라고 했던가. 사람도 너무 청빈하거나 똑똑하면 주변에 사람이 모이지 않는다. 덕망 높은 사람이라고 할지라도 직위를 내려놓는 순간, 어제의 동료는 물거품처럼 사라진다. 사막의 신기루에 불과한 존재가 된다. 안면을 바꾸는 것도 순식간이고, 인심 또한 싸늘해지는 것이 어제, 오늘의 일이 아니기에 흩어지는 연기를 붙잡고 상심할 이유가 없다. 인생무상이라고 한탄할 것도 못 된다. 그러한 행동이야말로 이 시대를 살아가고 있는 사람들의 참모습이요, 살아남기 위한 처절한 몸부림인 까닭이다.

모두가 가면 쓰고, 분장하고, 위선의 춤을 춘다. 바우타(La Bauta), 라르바/볼토(Larva/Volto), 모렛타(Moretta), 베스타/젠다(Vesta/Zenda), 아르레키노(Arlecchino), 판탈로네(Pantalone), 엘 메디코 데아 페스테(El medico dea peste) 등 꼴불견이 따로 없다. 그래도 아무도 그 춤이 재미없다고 말하는 사람이 없다. 신나는 음악에 맞추어 '비바(viva)', '브린디스(brindis)'를 외칠 뿐이다.

오선생의 꼴값 이야기

꼴값. 그 값을 하면서 사는 것이 생각만큼 쉬운 일이 아니다. 툭 하면 "꼴값 떤다." 나무라고, "꼴값한다." 흉을 보니 말이다.

"어제 꼴값 했어예."

무심한 듯 던지는 오선생의 말씀 속에 가시가 한발이나 섰다. 갑작스럽게 날리는 돌직구에 긴장의 끈이 터지기 직전인 듯 팽팽하다. 난데없는 문장 하나가 온몸의 신경을 고슴도치 비늘처럼 곤두서게 만드는 것이다.

행여나 언짢은 일이라도 있었나 싶으니 조심스럽다. 찢어진 입 속에 감추어진 세 치 혀를 잘못 놀리기라도 한다면 낭패를 당할 수 있다. 그 불똥이 내게로 튀기라도 한다면 어떻게 하나 싶어 살얼음판을 걷는 심정이다. 대화의 주제를 바꾸려고 머리를 굴려보지만 마땅한 방도가 떠오르지 않는다. 애꿎은 젓가락만 만지작거리며 우물쭈물하는 내가 우습다.

목욕탕에서 일어난 일.

어제는 오선생이 평소와 다르게 이른 시간에 목욕탕엘 들른 모양이다. 욕탕의 물소리와 왁자지껄한 웃음소리가 탈의실까지 넘나드는 분위기가 평소와 다름없었다. 대수롭지 않게 생각하며 욕실문을 열었다. 부담스러운 시선들이 시위를 떠난 화살같이 예리하게 날아드니 여간 당황스러운 것이 아니었다. 하도 갑작스럽게 일어난 일이라 수건으로 몸을 가릴 사이도 없이 엉거주춤 서고 말았다. 이때였다. 하얀 배꽃에 베이지색 달빛이 내려앉듯 온화한 음성하나가 살포시 품속으로 파고들었다.

"아이구야~, 젊은 새댁이 들어오니 목욕탕 안이 다 환해지네."

무슨 말씀인지 퍼뜩 이해가 되지 않았다. 하지만 곧 흐트러진 정신을 가다듬고, 나비처럼 부드러운 음성으로 벌침 같은 일격을 날렸다.

"아무리 젊음이 빛난다 해도 어르신의 연륜에 비하겠습니까."

말씀 하나가 바닥에 떨어져 물이 묻기도 전에 할머니 한 분이 재빠르게 받아쳤다.

"꼴값한다, 꼴값해."

"뭐, 꼴값"

내가 언제 꼴값을 떨었단 말인가. 말씀대로라면 어물전 망신을 시킨다는 꼴뚜기가 바로 나란 말인데 어이가 없다. 나보다 한참이나 연상인 어머니뻘 되는 할머니와 언쟁을 벌일 수도 없고, 그렇다고 순순히 넘어가자니 여간 자존심 상하는 것이 아니다. 벌거벗은 몸이라 나가지도, 그냥 서 있지도 못하는 어정쩡한 순간이 야속하기만 하다. 그때다. 곁에 있던 할머니 한 분이 또 하나의 일성을 날린다.

"꼴값, 거기 뭐꼬?"

"그것도 모리나? 얼굴도 곱지만, 말씨가 얼마나 예쁘노. 거기 꼴값이다, 꼴값"

듣고 있는 내 머릿속이 환해진다. 해바라기 같은 노란 웃음이 그칠 줄을 모른다. 가뜩이나 긴장했던 마음이 허무하게 스러진다.

밉다. 60년 가까이 살도록 꼴값을 못하고 사는 나 자신이 부끄러워 머리를 들 수가 없다.

별이 된 친구를 그리며

군별 해군.

군번 5186606.

계급 원사.

묘비 사병3-302-28996.

보훈의 성지, 민족의 성역 국립대전현충원.

한마디 말도 없었다. 아무도 알려주지 않았다. 몇 번이나 부둥켜 안고 싶었던 몸뚱이가 한 줌의 재로 화했다는 친구의 소식에 눈물 이 핑 돈다.

서글서글한 웃음을 머금은 친구와는 고등학교에 입학해서 처음 만났다. 무시로 나누는 이야기에는 인정이 넘쳤다. 자신보다 남을 배려하는 향기를 풍겼다. 동기간에 말다툼이 있어도 얼굴을 붉히지 않았다. 불쌍한 사람을 보면 자신의 처지인 양 아파했다. 걸인이 내미는 깡통에도 허리 숙여 동전을 넣었고, 씹지도 않을 껌을 몇 통씩 샀다. 저음의 목소리는 앙고라토끼 털 만큼이나 포근했다. 학교합창부와 교회성가대에서는 베이스를 노래했다. 한 번은 부러진 책상다리로 기타 치는 흉내를 냈다. 배를 잡고 깔깔거리며 노래를 들었다.

고등학교를 졸업한 다음 해, 해군 하사로 지원한 친구는 육상근무보다 함정근무를 주로 했다. 전기장으로 열심히 일했기에 동기들보다 일찍 진급했다. 축하받을 일이었지만 전우들에게 미안하다며 자랑하지 않았다. 자만하지 않았으며 배우는 것에 힘썼다. 그랬던 그가 언제부턴가 소식을 끊었으니 여기저기 수소문하지 않은 곳이 없었다. 그 세월만 해도 10여 년이 훌쩍 넘었다.

이별의 슬픔을 감당하기도 어렵지만, 정을 끊고 떠난 친구가 밉다. 노랫소리 들리지 않는 외로운 병실에서 몹쓸 병과 사투를 벌였으니 전쟁터가 따로 없었을 것이다. 피붙이를 남겨놓고 그 머나먼 길을 떠나는 발걸음이 어찌 가벼웠을까마는 영원토록 변치 말자던 우정이 이다지도 야속한지 모르겠다.

아름드리 고목이라 할지라도 천년세월이 왜 버겁지 않겠는가. 커다란 바위조차 돌이 되고, 모래가 되고, 마침내 먼지 되어 바람에 흩어지는 삼라만상의 이치를 짐작하고도 남으리니 세상만사 영원불멸은 애당초 존재하지 않는다. 100년도 살지 못하는 인간이야

영원이란 짐작조차 할 수 없는 일이다. 치열했던 삶을 되돌아보니 인생무상이다.

맑은 술 한잔을 따르며 친구의 극락왕생을 빈다. 지난날의 추억은 두 번째 잔에 담고, 허무하게 떠나버린 무정함은 세 번째 잔에 담고, 삶의 서글픔은 네 번째 잔에 담고, 이별의 정한을 다섯 번째 잔에 담는다. 다시 만날 날을 기약하는 언약은 여섯 번째 잔에 담고, 남은 자를 위해 잔을 채우니 마지막 잔이다.

별이 된 친구가 그리워지는 밤이다.

4
별이 된 친구를 그리며

정

    퇴근길. 현관 앞. 누른 종이상자 하나가 떡하니 버티고 서서 출입을 가로막는다. 덕지덕지 황토가 묻은 데다 여기저기 터진 탓에 볼썽사납기 그지없는 모양새다.

    "누가 남의 집 현관 앞에 쓰레기를 버렸어."

    혼자 중얼거리며 현관문을 열고 들어서는데 기다렸다는 듯이 전화벨이 울린다. 시골에 사는 친구 안(安)선생이다. 집 앞을 지날 일이 있어 고구마를 두고 갔단다. 시장에 가면 품질 좋은 것을 구할 수 있겠지만 자신이 틈틈이 농사지은 것이니 맛이 없어도, 못생겨도 먹어보란다. 따뜻한 마음씨에 가슴이 뭉클해진다.

    뚜껑을 열자 아무렇게나 뒹굴고 있는 고구마와 눈길이 마주친다. 그 거드럭거리는 꼴이 참으로 가관이다. 서 있는 녀석이 있는

가 하면 누워있는 녀석, 거꾸로 선 녀석, 넘어질 듯 삐딱한 녀석들로 인해 상자가 비좁다. 생김새도 제각각이다. 둥글둥글하게 생긴 녀석은 얼굴 가득하게 해바라기 미소를 짓고 있다. 이웃집 총각같이 넉살이 좋을 것도 같고, 어찌 보면 능글맞게 보여 밉상스럽기도 하다. 길쭉하게 생긴 녀석은 왠지 모르게 잘 삐칠 것 같아 못마땅한 얼굴로 눈을 흘겨주었다. 울퉁불퉁하게 생긴 녀석은 일꾼으로 제격일 성싶다. 비틀어진 녀석은 한 대 쥐어박고 싶지만 참기로 한다. 몸이 움푹 파인 녀석, 두 동강으로 나누어진 녀석은 호미에 찍혀 불구가 되었는데도 자신을 아낌없이 내어줄 모양이다. 생각만 해도 기특하다.

색상이나 크기도 제각각이다. 희멀겋게 앉아 있는 덩치 큰 녀석은 이것도 저것도 아니게 두루뭉술한 느낌이다. 맛도 무덤덤할 것 같아 두 번 다시 눈길을 주지 않았다. 아기 주먹만 한 녀석은 자줏빛이 진하다. 짚으로 짠 가마니에 쓱쓱 문질러 한 입만 베어 물어도 온몸이 자줏빛으로 물들지 싶다. 아니, 이 녀석은 언제부터 숨어 있었지. 덩치 큰 녀석들 사이에 끼어 있는 새끼손가락 굵기의 어린 녀석은 몸부림도 치지 못한 채 숨을 헐떡이고 있다. 상자 밖으로 끌어내자 억울한 듯 큰소리로 외친다.

"나도 고구마란 말이야."

박박 우기는 그 모습이 귀여워 피식 웃고 말았다.

어둡다, 갑갑하다 아우성치는 외침을 뒤로하고 뚜껑을 덮는다.

따가운 햇볕 아래 호미질에 여념 없던 친구의 주름진 얼굴이 떠오른다. 미소 띤 그 얼굴에서 넉넉한 정을 느낄 수 있다. 살아볼 만한 세상이다.

4
별이 된 친구를 그리며

문득 그리움

스산한 바람이 인다. 구부정한 산등성이에 석양빛이 걸렸다. 장모님과의 이별을 예고하는 장엄한 순간이다.

"자네 왔는가."

가느다란 손을 흔들며 반겨주시던 쓸쓸한 미소가 잊히지 않는다.

들깨의 여린 순에 봄기운이 깊다는 전화다. 혀끝에서 퍼지는 향긋함을 잊을 수 없어 산비탈에 엎어진 밭을 찾았다. 드문드문 서 있는 늘어진 들깨, 속살을 드러낸 황토밭이 비장함을 감추었다. 거친 손, 굽은 허리에 걸린 업보가 질기고도 모질다.

감자 캐는 즐거움에 손놀림이 바쁘다. 환호성에 놀란 덩이줄기가 대롱대롱 춤춘다. 옥수수 대에는 빈 자루만 달렸다. 납작한 콩꼬투리에는 벌레 먹은 콩알조차 귀하다.

배추 거두는 시기를 놓쳤다고 조바심을 내신다. 만사를 제치고 달려간 밭에는 덜 자라고 벌레 먹어 볼썽사나운 배추 20여 포기가 전부다.

"하나도 버리지 말게. 그놈들 키우느라 얼마나 고생했는지 몰라."

빙긋이 웃는 웃음에 못 이겨 트렁크며 뒷좌석에까지 옮겨 싣는다. 작은 엉덩이, 발 내려놓을 곳도 마땅찮은 차 안으로 대롱대롱 흙덩이도 따라붙는다.

대학병원으로 모시는 차 안의 분위기가 천근만근 무겁다.

"자네가 운전하는 차를 타니 참 좋네."

쟁쟁한 그 말씀이 아직도 귓가에서 떠나지 않는다.

앙상한 손 한 번 잡아 드리지 못했다. 좋아하시던 찬송가 한 곡 불러드리지 못한 일이 목구멍의 가시로 남았다. 실루엣의 봉분을 바라보니 홀연히 떠나신 당신이 문득 그리워진다.

아직도 못다 한 이야기

　가슴 속에 쟁여둔 불편한 기억을 들추어낸다. 무의식 속에 자리하고 있는 커다란 상처 말이다. 아둔하고 옹졸했던 시간을 되돌아보고 늦게나마 용서받고 싶은 것이다.

　사랑하는 딸, 월정에게!

　네가 유치원에 다니던 어느 여름날이지 싶다. 어린 시절에 좋은 추억을 안겨주어야 한다는 네 엄마의 등쌀에 너와 함께 곤충채집에 나섰단다. 문방구에 들러 잠자리채를 사고, 미꾸라지와 송사리를 잡을 그물도 구했지. 그리고 언젠가 너와 함께할 날을 위해 숨겨두었던 창원시 동읍에 있는 실개천으로 차를 몰았다. 너의 표정이 보름달처럼 환해지더구나. 잠자리도 잡고, 미꾸라지도 잡을 것이라며 좋알대는 네 모습이 아기천사였단다.

논, 밭 사이로 흐르는 개천에는 수정같이 맑은 물이 흐르고 있었지. 자갈 위로는 커다란 돌들이 드문드문 차지하고, 가장자리에는 수초가 넉넉하게 자라고 있어 미꾸라지, 송사리, 다슬기들이 서식하기에 안성맞춤이더구나. 너를 안아 물 가운데로 내려놓으니 가만히 있지 않았단다. 물고기가 숨지도 못할 작은 돌멩이를 들추었고, 송사리를 찾아 수초를 뒤적였지. 아빠도 채를 들고 풀 섶을 누볐지만, 미꾸라지는커녕 다슬기 한 마리도 잡지 못했다. 주변 논밭에 뿌린 농약 탓에 수중생물이 살지 못했던 것을 아빠가 미처 알아차리지 못했던 거야.

물고기가 잡히지 않아도 즐거워하더구나. 촐싹대는 너의 모습이 얼마나 앙증맞았는지 만화영화를 보는 것 같았다. 초보 아빠는 혹여 네가 넘어져 다칠까 봐 조바심이 일었고, 방정맞은 생각은 무슨 배짱인지 비켜 가지 않더구나. 네가 해캄을 밟으면서 개울에 나뒹굴고 말았지 뭐니. 아빠는 그런 너를 얼른 안아주지 못했다. 걱정하지 말라고 등을 두드려 주지도 않았단다. 갈아입을 옷을 준비했으니 재미있게 놀자고 말했어야 했는데 오히려 짜증을 내고 만 거야. 겁이 많은 너는 울었고, 쉬 그치지 않았다. 아빠는 그런 너에게 울음을 그치지 않는다고 다그쳤고, 우리의 곤충채집은 어설프게 끝이 나고 말았다.

정의와 현실이 충돌하고, 생각의 폭을 키워가는 사춘기 시절이라 그랬을까. 네가 중학교에 들면서부터 반항하는 횟수가 잦아지더구

나. 막무가내로 말을 듣지 않는 날이 많아졌다. 아빠를 쏙 빼닮은 다혈질의 성품 탓이지 싶다. 그런데 그것을 알지 못한 아빠는 강하게 반항하는 네 행동이 좋게 보일 리 만무했다. 엄마는 엄마대로 네 주장을 받아들이지 못해 속상해하더구나. 밤에도 잠을 이루지 못하는 날이 하루 이틀이 아니었단다. 딸의 의견과 부모의 생각이 다른 탓도 있었겠지만, 아빠의 생각, 엄마의 마음을 차근차근하게 설명하여 설득하지 못한 부모의 탓도 작지 않으리라 생각한다.

날씨가 쌀쌀했던 것을 보면 초겨울의 어느 날이지 싶다. 그날도 너는 기말고사 때문에 엄마와 실랑이를 벌였단다. 공부가 싫다고, 혼자서도 할 수 있다고 강하게 항변을 했지. 몇 문제만 풀다 보면 곧 어려움에 부딪힐 수학이라는 것을 엄마가 왜 몰랐겠니. 하지만 엄마는 딸의 저항이 너무 심해 설득하기를 포기하고, 아빠에게 도움을 요청했단다. 막무가내로 반항하는 너를 감당할 수 없으니 버릇을 고쳐주어야 한다고 말이야. 아빠라고 어찌할 수 있었겠니. 목숨 같은 자식이요, 금이야 옥이야 기른 딸인데 말이다.

거칠게 화를 낼 수 없어 타이르기를 몇 번이나 반복했단다. 차근차근 설명하는 아빠의 의견을 너는 보기 좋게 무시하더구나. 순간, 아빠는 끓어오르는 불덩이를 주체할 수 없었다. 화가 머리끝까지 치솟은 아빠는 너에게 매를 들고 말았지. 처음에는 가느다란 회초리로 겁만 주려고 했는데 끝까지 용서를 구하지 않는 너에게 커다란 회초리를 대고 말았구나. 한 대, 두 대. 막대기가 네 피부에 부딪힐 때마다 아빠는 네게 잘못했다, 용서를 바란다는 말 한마디를 요구했고, 너는 기어코 도리질 치며 울기만 했다. 나중에는 겁에 질렸는지 입술이 새파래지면서 부들부들 몸을 떨었다. 아빠는 그때야 일이 잘못되었구나, 큰일을 저지르고 말았다는 사실을 깨우치고 너를 꼭 안았지만 이미 엎질러진 물이었다. 깨어진 항아리가 되고 만 것이지.

후회가 밀물처럼 밀려왔다. 이 사태를 어떻게 해결해야 할지 앞이 캄캄했다. 반쯤 나간 정신을 돌려세우고, 따뜻한 방으로 너를 데려와 한참을 다독였다. 아랫목에 눕혀 잠을 재우니 한참을 훌쩍거리다 잠이 들더구나. 가슴이 찢어지고, 하늘이 무너지는 밤이었단다.

세상에 자식을 미워하는 부모가 어디 있겠니. 애정의 표현이 서툴고, 설득이 미숙해 가슴 아픈 사건으로 끝이 났지만 네가 태어난 날부터 오늘날까지 한 번도 싫어하거나 귀찮아한 적이 없었다. 밤과 낮이 뒤바뀌고, 밤새도록 울어 재친 그날에도 너를 안고 흔들며 잠을 재웠다. 경기로 자지러지기라도 하는 날이면 가슴이 철렁 내려앉은 적이 한두 번이 아니었다. 칭얼대는 너를 달래기 위해 뜨거운 물을 손등에 부으며 분유를 탔다. 똥을 싸도 그 냄새가 달콤했고, 기저귀를 갈 때의 젖비린내가 오히려 향기로웠다. 가슴에 안겨 작은 심장을 팔딱이며 힘차게 젖꼭지를 빠는 너의 모습에서 행복한 시간을 보낼 수 있었다. 샛별같이 초롱초롱한 너와 눈을 맞추고, 옹알이를 들을 때면 세상 부러운 것이 없었다. 새근새근 잠자는 네가 기쁨이었을 뿐이다.

아장아장 걸을 때면 머리를 곱게 땋아 두 갈래로 만들었지. 그네를 태우면 무서워하다가도 내려오지 않으려는 동화 속에 아기 염소가 되었단다. 세발자전거에 태워 동네를 한 바퀴 휘돌고 나면 또 한 바퀴, 또 한 바퀴를 요구하더구나.

엄마와 떨어져 유치원에 가지 않겠다고 떼를 쓰던 모습이 아직도 눈에 선하다. 자동차가 질주하는 큰길을 두 번이나 건너 초등학교에 다녀야 하는 너를 볼 때마다 얼마나 가슴을 졸였는지 모른다. 하루는 무단횡단하며 집으로 오다가 승용차에 치일 뻔한 일이 있었단다. 그 생각만 하면 아직도 가슴이 떨린다. 하교할 때까지 학교에 오지 않았다는 담임선생님의 전화를 받고 하늘이 무너지는 듯 놀랐지만, 문방구 앞에서 시간 가는 줄 모르고 게임을 하는 너를 찾았을 때는 몇 번이나 놀란 가슴을 쓸어내려야 했다.

세월유수(歲月流水)라는 말을 하지 않아도 혼기가 찬 너를 보니 아빠의 얼굴에도 주름이 가득하겠구나. 청년 취업문제가 지구촌의 관심거리가 된 어려운 시절에 교원임용고사를 준비한다고 책과 씨름하고 있는 너를 생각하니 가슴이 미어진다.

딸아. 네 기억 속에 어떤 추억과 애틋한 사연이 줄줄이 엮여있는지 아빠는 알 수가 없구나. 비록 많은 시간이 흘러갔지만, 아직도 못다 한 이 이야기만큼은 꼭 들려주고 싶었다. 아픈 기억이지만 아빠의 서툰 사랑이었다고 이해하고, 용서하여 주려무나. 내 사랑, 내 기쁨인 월정에게 아비가 쓴다.

홍도는 해무에 젖고

　서쪽으로, 서쪽으로. 세상의 모든 상념과 물상을 삼켜버린 어둠을 뚫고 바람처럼 달린다. 내 마음의 유토피아, 홍도를 향한 그리움을 안고서.

　밤새도록 뒤척이느라 잠을 이루지 못했다. 미지의 세계에 대한 설렘과 무수하게 떠올랐다 사라지는 홍도를 향한 그리움이 마음을 산란케 한 탓이다. 국밥 한 그릇을 뚝딱 해치운다. 날렵한 쾌속선에 오르니 하얀 물거품을 일으키며 항구를 밀어낸다. 목포 시가지가 도화지에 그려진 풍경화가 된다. 점점이 떠 있는 섬들은 바둑판 위의 검정 돌로 변한다.

　홍도. 홍갈색을 띤 규암 질의 바위 탓에 해 질 녘에 바라보는 섬이 붉게 보인다고 하여 붙여진 이름이다. 이웃의 흑산도와 함께

해상국립공원으로 지정되어 있으며, 기암괴석으로 둘러싸인 본섬을 중심으로 올망졸망한 20여 개의 형제자매 섬이 이웃하고 있다. 사람이 사는 곳은 관광객들로 북적이는 홍도1구 마을과 비탈진 언덕에 자리한 홍도2구 마을이다. 사람이 살지 않는 지역에는 기묘한 형상을 한 바위들과 깎아지른 절벽지대로 가슴 아픈 사연과 수많은 전설이 살아 숨 쉬고 있다. 눈이 시리도록 푸른 바다와 울창한 숲의 조화가 절묘하여 소금강으로 불리는 섬에는 육지에서 볼 수 없는 희귀식물이 자란다. 처녀의 속살 같은 섬 전체가 천연기념물 제170호와 다도해해상국립공원으로 지정되어 있어 마을 이외에는 함부로 들어갈 수도 없다. 풀 한 포기, 돌멩이 하나도 무단으로 내어가지 못하게 하는 것이 어쩌면 당연한지 모른다.

고즈넉한 2구 마을에서 여장을 푼다. 해가 지려면 한참이나 남았건만 문우 송선생의 고향 벗들이 마련했다는 주안상이 들어온다. 자연산 전복과 해삼, 보찰이라 부르는 거북손, 농어회 등이 두 눈을 황홀하게 만든다. 뭍에서 귀한 손님이 왔다는 소식에 금방 잡고, 낚은 것이라 한다. 거북손은 생김새가 거북의 손을 닮아 징그럽기도 하거니와 처음 대하는 음식이라 쉽게 손이 가지 않는다. 먹기에 꺼림칙하여 두 눈을 질끈 감고 겨우 살점을 발랐는데 보기와 다르게 게살을 닮은 맛이다. 달큰하고 향긋한 바다의 향기를 품고 있다. 바다가 품으로 안겨드는 착각에 빠져들게 만든다.

드넓은 밤바다를 연모한 등댓불이 내달린다. 땅거미를 친구 삼아 철썩이는 파도의 노래를 듣는다. 서해의 끄트머리에서 장엄한 일몰을 마주하니 진홍빛의 바다와 그 속에 점점이 박힌 바위섬들이 두 눈을 희롱한다. 콩알만큼이나 작아진 태양은 해무 속으로 몸을 감추고 있다. 어머니 치맛자락 뒤에 숨던 부끄러운 유년의 그 모습으로 말이다. 바위틈을 비집고 자란 찔레의 실루엣을 들러리로 삼아 한 점 빛을 눈동자에 담으니 그 옛날 홍도의 전설이 주렁주렁 열리는 것 같다.

네 살부터 해산물을 잡고, 물고기를 잡았다는 송선생의 이야기가 가슴을 찌른다. 그에게 바다는 지긋지긋한 삶과 가난의 터전이었다. 생각만으로도 몸서리가 쳐지는 곳이다. 한시라도 빨리 벗어나고픈 고통의 섬이었으니 고기잡이 나갔던 아버지가 저 바다에서 불귀의 몸이 된 까닭이다. 아침까지 얼굴을 맞대던 친척과 이웃이 바다에서 돌아오지 못했다. 형제도, 친구도 저 바다에서 죽을지 모른다는 불안감에 밤이면 밤마다 치를 떨었지만 차마 어머니에게만은 그 모습을 보여줄 수 없었다. 오늘 바라보는 저 바다는 한없이 평온하고, 세상의 모든 근심 걱정을 안아줄 것 같이 넉넉하게 보이지만 언제 발톱을 세우는 앙칼진 고양이처럼 변덕을 부릴지 모른다. 홍도가 보여주는 두 얼굴이다.

잠을 이룰 수 없다. 선계의 비경을 안은 홍도의 품에 안겨서도 몇 시간째 몸을 뒤척이고 있다. 잠자리가 바뀐 영향도 있지만, 안개에 젖고 저 바다에 잠들어 있는 영혼 탓에 반쯤은 멍한 상태로 새벽을 맞은 것이다. 삶의 여정만큼이나 가파른 섬 언덕을 오르니 온기가 남아있을 법한 기와집에는 잡초만 무성하다. 밭으로 변해버린 집터는 고향을 등진 흔적이다. 송선생이 살았다는 조그마한 집터에는 고구마 순이 두둑마다 줄지어 서 있다. 고구마 한 포기 심을 땅도 없었던 유년 시절과 비교하면 풍요로운 세상이 되었지만 먹거리가 없어 굶기를 밥 먹듯이 했던 가슴 아픈 시절이 떠오르지 싶다.

머나먼 육지를 바라보다 가슴이 검게 타버렸다는 흑산도 아가씨의 심정이 홍도 어머니의 삶과 무엇이 다르랴. 남문바위, 독립문, 만물상, 석화굴, 슬픈여, 탑섬, 실금리굴 등 기암괴석과 짙푸른 소나무의 향연이 진나라 시황제의 아방궁을 능가하고도 남겠지만 그 뒤에 차마 죽지 못해 살아야 하는 고단한 삶이 홍도에 있었다.

홍도가 해무에 젖는다. 슬픈 영혼은 저 바다에 잠들어 있다.

4
별이 된 친구를 그리며

고소공포증

벌렁벌렁. 심장이 떨린다. 항공사 홈페이지를 들락거린다. 기종과 운항 정보, 사고 이력까지 살펴보느라 회색빛 도시가 열리는 것조차 알아차리지 못한다. 영화 《아바타》의 배경이 된 장자제 국가삼림공원의 선경을 가슴에 담는다는 설렘보다 비행기를 타야 한다는 불안감에 며칠째 잠을 설치고 있다.

"맙소사, 저렇게 작은 비행기에 이렇게 많은 승객을 태운다고."

A380이나 B787 같은 최신 대형기가 아닌 줄은 진작부터 알고 있었다. 하다못해 중형기는 되리라 짐작했건만 대형항공사에서 퇴역한 소형 비행기라고 하니 놀란 가슴이 진정될 기미가 보이지 않는다. 20여 년이나 된 낡은 비행기를 타고 산을 넘고, 바다를 건너야 한다. 까마득한 하늘길을 무사히 날 수 있을까 싶으니 기가 막

힌다. 앞이 캄캄하다.

몸이 흔들린다. 비행기가 출력을 높이는지 제트엔진의 기괴한 소리가 심장을 얼어붙게 만든다. 덜컹거리며 활주로를 향하는데 비포장도로를 달리는 느낌이라 불안한 마음을 주체할 수 없다. 타이어가 펑크 날 것 같은 방정맞은 생각이 떠나지 않는다. 직선으로 뻗은 활주로를 질주할 때의 불쾌한 기분, 순식간에 하늘로 솟구칠 때 서늘해질 가슴을 생각하니 머리가 혼란스럽다. 콩알만큼이나 작은 가슴이 바람 빠진 풍선처럼 쪼그라든다.

이리저리 방향을 바꾸며 달려온 비행기가 활주로에 올라서더니 꿈쩍하지 않는다. 계기가 올바르게 동작하지 않아 머뭇거리는 것 같다. 기체에 알지 못하는 이상이 발견되어 이륙하지 못하는 상황인 듯도 싶다. 경망스러운 생각들이 뇌세포를 꼬드기는 터라 꿈틀거리는 혈관이 터져버릴 것 같다.

굉음이다. 무시무시한 엔진소리가 고막을 뒤흔들자 몸이 뒤로 확 제치어진다. 가슴이 두 근 반 세 근 반 한다. 멀리 보이는 건물이 바쁘게 뒷걸음치고, 활주로 옆으로 자란 풀과 잔디를 구분할 수 없다. 순식간에 몸뚱이가 허공을 올라타는데 허방을 짚은 기분이다. 2사이클 심장이 쿵쾅거리며 요동친다. 쫄깃쫄깃한 가슴은 섬뜩한 기운에 쌓인다. 이륙에 대한 마음의 준비보다 공포의 시간이 지름길로 와버린 탓이다. 비행기가 급격히 고도를 높이는지 엄청난 굉음이 한동안 이어진다. 깜박이는 안전띠 표시등은 초조한 마음을 더욱 불안하게 만든다. 날개가 오른쪽과 왼쪽으로 번갈아 기울 때마다 배어 나온 땀으로 손바닥이 흥건하게 젖는다. 평형을 잡았다고 생각한 비행기가 또다시 고도를 높이는지 몸이 허공으로 떠오른다. 이번에는 눈을 질끈 감고 말았다.

고소공포증은 어려서부터 나타난 증상이다. 높은 곳에만 올라가면 괜히 가슴이 쿵쾅거렸다. 그것이 고소공포증이라는 것을 아무도 인식하지 못했다. 부모님도 그저 겁이 많다고 친척이나 사람들 앞에서 흉을 보는 것이 전부였다. 초등학교에 입학하기 전, 아버지를 따라 극장에 갔을 때도 마찬가지였다. 2층으로 오르기 위해 계단을 밟으니 난간이 없었다. 한 발 한 발 오르는 층계의 뒤편으로는 구멍이 숭숭 뚫려 있는 구조라 무섬증이 일었다. 발이 떨어지지 않아 엉금엉금 기어오르다 끝내는 그 자리에 주저앉고 말았다. 반백 년이 지난 지금까지도 잊히지 않는 사건이다.

"쿵쿵 쾅쾅"

또다시 비행이다. 김해에서 날아온 비행기가 연착한 탓에 기체 점검을 마치기도 전에 장자제 공항활주로를 박차고 오른다. 쾌청한 날씨라 즐거운 여행이 되리라는 예상과는 달리 기체의 흔들림이 심상찮다. 9,000m 상공에서 예기치 않는 난기류를 만난 모양이다. 비행기는 위험한 상황에서 벗어나기 위해 오르내림을 반복하며 몸부림치고 있지만, 좀처럼 나아질 낌새가 보이지 않는다. 기체

(氣體)를 헤집고 달리느라 수없이 많은 충격파가 비행기를 두드리자 몸이 전율한다. 창으로 바라보이는 날개는 금방이라도 부러질 것 같이 맥없이 흔들린다. 비행기는 속절없이 하강하고 있다.

안전띠를 매라는 기장의 목소리가 객실을 긴장시킨다. 비행기가 고도를 낮추어 가자 녹색 등이 붉은 등으로 바뀐다. '띵띵' 거리는 경고음이 숨 가쁘게 울어댄다. 조금 전까지만 해도 일일이 안전띠를 매어 주고, 점검하던 승무원도 보이지 않는다. 형체를 알아볼 수 없을 만큼 작게 보이던 컨테이너선이 커다랗게 다가온다. 흰 거품이 이는 물결은 아귀의 이빨처럼 소름 돋게 만든다. 그나마 다행이라면 아직도 평형을 유지한 채 날고 있다는 것뿐이다.

승객들의 태연함과 무심함에 기가 질린다. 웃고, 대화하고, 사진을 찍는 모습이 천연덕스럽다. 나의 고소공포증을 비웃기라도 하듯이 화장실을 드나들고, 잠을 청하는 모습이 불가사의다. 음료수 한 모금도 넘기지 못하고, 입안 가득하게 모래를 머금고 있는 느낌이라 기내식을 한 술도 뜨지 못했는데 말이다.

"앗, 저게 뭐야"

나도 모르게 환호성을 지르고 말았다. 갑자기 눈앞이 환해지면서 푸른 바다 뒤로 높은 빌딩이 커다랗게 다가온다. 그 옆으로는 탁 트인 평야가 시원스럽다. 착륙 장치 내리는 소리가 이렇게 반가울 수 없다. 나이 육십을 바라보는 나이에 이 심약을 어찌할거나.

4
별이 된 친구를 그리며

인식

 바둑돌 같은 흑과 백의 세상이다. 다름을 인정하지 않고, 다양성도 받아들이지 않는다. 상생의 원리는 이미 생각 밖이다. 검정의 적이 아니라면 하양의 내 편이어야 한다.

 하얀 종이에 검은색 펜으로 글을 쓰고, 흰색과 검은색만으로도 멋진 그림을 그릴 수 있다. 회색을 더한다면 입체감을 나타낸다. 사물의 멀고 가까움의 표현도 가능하다. 노랑, 빨강, 파랑, 연두, 보라 등 온갖 색상을 섞노라면 놀라운 세상이 눈 앞에 펼쳐질 것이다. 음악도 마찬가지다. 4분음표와 4분쉼표만으로도 훌륭한 악곡을 만들 수 있지만, 2분음표, 8분음표, 16분음표, 8분쉼표, 16분쉼표를 더한다면 더욱 우아한 음악, 신나는 음악, 슬픔이 묻어나는 음악이 만들어진다. 세상만사 모든 것은 음양의 조화에 있다.

흑과 백으로 나누어야 직성이 풀리는 사람들로 넘쳐난다. 진보와 보수로 나누는가 하면 영남과 호남을 구분하여 반목하게 만든다. 남녀의 대결 구도를 만들어 서로 헐뜯게 한다. 젊은 사람과 나이 많은 사람을 싸우게 만드는데도 서슴치 않는다. 가진 자에 대해 가지지 못한 사람들이 투쟁하도록 조종하는 것 같기도 하다. 어느 한쪽에 속하지 않으면 회색분자라고 낙인을 찍고, 박쥐 같은 삶을 사는 기회 분자라 손가락질한다.

다툼도 사소하고 별 것 아닌 것에서부터 비롯된다. 도대체 저것이 언쟁의 대상이나 주제가 될까 싶지만 의외의 방향으로 비화 되어 누군가는 치명상을 입는다. 송나라 때의 명판관 포증(999~1062)을 부르지 않아도 한 발짝만 물러나서 바라보면 A의 주장도 옳고, B의 주장에도 일리가 있다. 누구의 처지에서 듣고, 판단하느냐에 따라 결과가 달라지는 것이다.

힘 있고 목소리 큰 사람의 기록에만 관심을 가진다면 진실은 왜곡된다. 강대국의 약소국에 대한 인식이 그렇고, 가해자와 피해자에 대한 인식이 그러하다. 쿠데타에 의한 고려의 멸망을 시대적 사명이라 부르짖고, 조선의 개국에 정당성을 부여한 것은 세상을 뒤엎은 자들의 변명일지 모른다. 나라를 바꾸고자 하는 개인적·집단적 사상을 겉으로 드러낸 것이다. 몽골이나 당, 청의 침략이 정당화될 수 없고, 임진왜란과 피눈물의 36년 세월이 강자의 논리로 합리화되어서는 안 된다. 재벌이 행하고 있는 갑질도 폭력일 뿐이다.

회색이 왜 좋지 않은 색깔인지 알 수 없다. 나쁜 색깔이라 손가락질받아야 하는지 이해되지 않는다. 검정을 품어 안고, 흰색도 보듬은 마음 넓고 조화로운 색깔인데 말이다.

한 송이의 꽃, 풀 한 포기에도 삶의 이유가 있다. 어느 것이 더 소중하고, 덜 중요한 것이 없다. 어떤 시각으로 보느냐에 따라 결과가 달라진다.

낙엽 되어서

　빨갛게 물든 낙엽이 되고 싶다. 저녁놀과 더불어 덩실덩실 춤추고도 싶다. 북풍 혹은 서풍에 몸을 맡기고, 아무렇게나 흩날리는 가랑잎 되고 싶은 것이다.

　늦은 가을 아침, 이슬 머금은 이파리가 빗질하듯 내리는 햇살을 받아 반짝인다. 맑은 이슬 마시고, 상쾌한 산소를 마음껏 들이켰으니 찬란한 빛을 발하는 것이리라.

　노랗게 물든 은행잎이나 저녁노을 닮은 단풍잎도 때가 되면 떨어지기 마련이다. 연둣빛으로 설레던 수줍은 삶은 한 줌의 재로 화한다. 바람에 흩어지는 구름과 다름없는 것이다. 북풍이 불면 남쪽으로 밀려가고, 서풍이 불면 동쪽으로 날아간다. 해충의 무리가 몸을 갉아 구멍을 뚫고, 조각을 낼지라도 오직 한마음으로 견디어

낼뿐이다. 칡넝쿨이 몸을 감아 옥죄어도 슬퍼하지 않는다. 기쁨과 슬픔, 괴로움의 끈마저 놓아버렸으니 실루엣을 만든 한 잎 한 잎마다 귀뚜라미 노래 실어보고 싶다. 마음 구석에 남아있는 집착한 조각까지도 마저 버릴 것이니 마침내 나 자신까지도 잊어버리고 싶은 것이다.

낙엽은 손 흔들며 멀어지는 가을을 원망하지 않는다. 외롭고 쓸쓸한 소슬바람조차 미워할 까닭이 없다. 바람처럼 왔다가 연기처럼 사라지는 것이 인생이라 하지만 빈 깡통 같은 마음을 그 누구라서 알아주랴. 어쩔 수 없고, 위대한 자연 앞에 순응하는 것이라고 말들을 하지만 나약한 자의 하소연이다.

앙상한 가지를 바라보는 내 삶의 그림자가 쓸쓸하다. 영혼은 어디 있고, 어디로 가야 하는가. 애원한다고 돌아올 인생이 아니기에 한탄한들 무엇하랴. 푸른 꿈, 초록빛 인생도 일장춘몽에 지나지 않는 것을.

아무것에도, 아무에게도 얽매이지 아니한 낙엽이 되고 싶다. 퇴색이 가장 멋진 색깔이라고 하니 오히려 갈색으로 빛나는 떡갈나무 잎사귀 되어보리라. '만세, 만세, 만만세'를 외치며 해방의 기쁨도 누려보리라.

가랑잎 되리라. 단발머리 팔랑이는 소녀의 발밑에서 노래하는 갈잎이 되고 싶은 것이다. 하얀 연기되어 고향의 향기를 만들고도 싶다. 낙엽 되어서 말이다.

4
별이 된 친구를 그리며

바나나가 맛있을 때

미끈미끈 끈적끈적. 달콤한 향, 사르르 사그라지는 느낌. 바나나를 두고 하는 말이다.

바나나는 열대나 아열대 지방에서 재배한다. 땅이 깊고 부드러우며, 물 빠짐이 좋은 곳에서 잘 자란다. 1980년대부터는 지구온난화의 영향으로 제주도 등지에서도 재배한다. 당질이 많은 알칼리성 식품으로 킬로칼로리가 아주 높은 과일로 알려져 있다. 100g당 92kcal의 열량을 갖는다고 한다. 칼륨과 카로틴, 비타민 A와 C도 풍부하게 함유하고 있다. 날것으로는 샐러드, 주스, 과자 재료, 바나나 퓌레 등에 쓰인다. 요리용 바나나는 기름에 튀기거나 삶거나, 굽거나, 쪄서 먹을 수 있다. 아동이나 임산부, 환자의 간식거리로 대접받는 친근한 과일이다.

지금은 흔하게 보고, 먹을 수 있는 바나나도 내가 어렸던 시절에는 그림책에서나 볼 수 있는 귀한 과일이었다. 수입이 많지 않아 가격이 무척 비쌌기에 서민들은 꿈에서나 그려볼 수 있었다. 어쩌다가 상점 진열대의 앞자리에 떡하니 자리를 차지하고 있는 바나나를 보기라도 하는 날이면 발길이 쉬 떨어지지 않았다. '와–' 하고 탄성을 질렀다.

바나나를 좋아하지 않는 사람은 드물다. 열대지방의 몇몇 부족들은 덜 익은 바나나를 따지만, 날것으로는 먹지 않는다고 한다. 맛이 텁텁하고, 단단한 육질 때문이다. 어둠이 가시지 않은 새벽이요, 동장군이 물러가지 않은 이른 봄과 같다. 사람으로 비유하자면 정체성이 확립되지 못하고 질풍노도의 중심에 서 있는 청소년기에 속한다.

이때는 독서량이 충분치 못하다. 많은 책을 읽는다고 해도 개념, 구성, 판단, 추리 따위를 행하는 인간의 이성적인 작용이 부족하여 참과 거짓을 두고 고뇌하며 밤을 지새우는 경우가 허다하다. 선과 악을 식별하여 바르게 판단하는 이성보다 눈, 코, 귀, 혀, 살갗을 통하여 자극을 알아차리고 인식하는 감정이 앞선다. 화를 누그러뜨리는 것이 쉽지 않은 탓에 하루에도 몇 번씩이나 함부로 맞닥뜨리기도 한다. 작열하는 태양이 되어 대지를 들끓게 만드는 꼴이다. 타는 열정으로 인해 삶과 죽음조차 인식하지 못하고 불을 향해 달려드는 불나방의 모습을 보인다.

사춘기에 들어선 아이처럼 성질이 까다로운 과일 중의 하나가 바나나다. 냉장고에는 하루만 넣어두어도 껍질이 까맣게 변하고, 과육이 쉽게 물러져 버린다. 껍질이 푸를 때는 입안에서 부드럽게 사그라지는 식감을 만날 수 없다. 달콤한 향은 온데간데없고, 떫은 맛뿐이라 손이 가지 않는다. 그렇기 때문에 반드시 숙성의 과정이 필요하다. 후숙하지 않고 즉시 조리를 할 때는 열을 가해야 한다. 조바심을 버리고 느긋한 마음으로 기다릴 줄 아는 끈기와 지혜를 터득해야 비로소 바나나를 먹을 수 있다. 어울리지 않을 것 같은 레몬과는 궁합이 좋다. 즙을 내어 바나나와 섞어 두면 갈색으로 변하는 현상을 방지할 수 있고, 향도 오래 보존할 수 있다. 사람도 어울리는 사람이나 생활하는 환경에 따라 성품이 바뀌게 된다. 금슬의 조화란 이를 두고 하는 말이다.

바나나는 껍질에 얼룩덜룩한 점들이 나타났을 때 가장 맛이 좋다. 이때라야 비로소 바나나의 참맛을 느낄 수 있다. 한 입 크게 베어 물면 달착지근한 맛과 향긋한 향이 내 안에 배어든다. 나의 생명체를 구성하고, 생활 작용을 영위하는 모든 세포를 일으켜 세운다. 이 맛을 만들기 위해 바나나는 수많은 낮과 밤을 지새우며 치열하게 살아왔다. 남국의 강렬한 태양을 듬뿍 안았고, 밤새 휘몰아치는 폭풍우를 견뎠다. 극심한 가뭄과 모래바람에도 굴하지 않았다. 가지와 잎이 잘리는 아픔도 참고 이겨냈기에 중년 신사의 미소만큼이나 부드러운 속살을 지니게 된 것이다.

젊은 시절에 겪는 고통과 번뇌 또한 영원하지 않다. 외부로부터 받은 생채기에 온몸이 만신창이가 되었을지라도 중년에 접어들면 그 상처에도 딱지가 앉고, 새살이 차오른다. 깊은 주름이 생기고, 얼룩덜룩한 저승꽃이 활개 칠 때는 삶의 이치를 이해하게 된다. 쓰고, 맵고, 짜고, 쓰라림과 아픔까지 견뎌낸 덕분이다. 잘 익은 바나나로부터 또 한 가지를 배우는 셈이다.

놀람 Ⅱ

물비린내 넘나들고, 사내 냄새 진동하는 낡은 탈의실. 커다랗고, 빨간 글자가 숨 막히게 한다. '귀중품 분실 시 책임지지 않음' 이다.

냉탕은 아이들의 놀이터가 되어 버린 지 어제오늘이 아니다. 뛰고, 고함치고, 헤엄치느라 차가운 물이 사방으로 튄다. 바가지가 허공을 난다. 수도꼭지에서 토해내는 더운물이 시내를 만들어도 꾸중하는 어른 한 명 없다. 공중목욕탕 풍경이다.

떠들썩한 꼬맹이무리 뒤로 과자봉지가 낙엽처럼 흩날린다. 이상하다. 구르몽의 「낙엽」, 이브 몽땅이 부르던 「고엽」의 계절도 아닌데.

경로석, 노약자석에 젊은이만 앉았다. **경**우에 따라서는 **노**인도 앉을 수 있는 좌**석**, **노**련하고 **약**삭빠른 **자**가 앉는 **좌**석인 줄 모른

내가 바보다. 오고 가는 대화에는 귀 둘 곳이 마땅찮다. 흰둥이, 누렁이는 어디 가고 개새끼만 요란하다.

신호등이 켜져 있는 횡단보도 앞, 팔을 끄는 엄마에게 어린 딸이 묻는다.

"빨간불인데 건너도 돼?"

"시끄러워, 빨리 건너지 못해!"

앙칼진 엄마의 명 답이다.

엄마 같은 할머니를 믿고, 한 무더기의 부세를 흥정한다. 콧노래를 부르며 아내를 부른다. 검정 비닐을 풀며 찬거리를 자랑할 참이다. 어라, 덩치 큰 녀석이 어디로 갔지. 할머니의 마술에 잔챙이만 남았다.

회를 먹을 참이다. 오동통한 참돔, 둥글넓적한 넙치를 주문한다. 잠시 후,

"아니, 이게 뭐야."

차가운 살점에 접시 무늬가 비친다. 까치복도 아니고, 황복은 더더욱 아닌데.

6차선 사거리의 늦은 밤. 차도를 점령한 노점상. 횡단보도 위로 자동차의 급정거 소리가 고막을 찢는다. 그 뒤로 날개 없는 욕설이 백병전을 능가한다.

기쁨에 놀라고 싶다. 칭찬에 놀라고, 우레 같은 박수 소리에 놀라고 싶다. 그날을 고대해 본다.

4
별이 된 친구를 그리며

오해

오해는 큰일에서 비롯되지 않는다. 중요하거나 시급을 다투는 사건을 두고 일어나는 경우도 드물다. 무심코 던진 말 한마디, 부주의한 행동 하나가 일으키는 토라짐이 오해를 만든다.

가족으로부터 핀잔을 듣는 경우가 많다. 아들 녀석은 물론이고, 딸아이와 아내로부터도 비난의 대상이 된 지 오래다. 매일 얼굴을 마주하는 동료나 친구, 심지어는 처음 만나는 식당의 종업원까지도 나의 강한 어투에 마음을 상한 적이 있다고 귀띔을 하니 참으로 통탄할 일이 아닐 수 없다.

전화가 온다. 사십 년 지기와 오랜만에 나누는 대화라 음성이 높고, 말이 빨랐나 보다. 딸아이의 핀잔에 가슴이 뜨끔하다.

"아빠, 지금 누구하고 싸워요?"

모처럼의 음악 이론 강의라 신바람이 난다. 말이 많아지고, 침이 마구 튄다. 앞과 뒤, 왼쪽과 오른쪽을 번갈아 쳐다보며 눈 맞추기에 여념이 없다. 하나라도 더 가르칠 요량으로 열을 올리다 보니 쩌렁쩌렁한 목소리가 유리창 너머 복도까지 울리는 모양이다. 마주 보는 학생들의 표정이 심상찮다. 얼굴에서 미소가 사라지더니 눈을 마주치지 않는다. 숨소리조차 죽이려 애를 쓰는 모습이 역력하다. 급기야 한참을 머뭇거리다 던지는 한 학생의 질문에 너털웃음을 터뜨리고 말았다.

"선생님, 화났어요?"

기분 좋다고 내뱉는 말투가 퉁명스럽게 들린단다. 웃음을 띠어야 할 얼굴에 표정이 없다고 나무란다. 사랑의 표현이 화난 듯한 행동이란다. 성량을 줄이고, 음의 높이를 낮추려고 애를 써 보지만 쉽지가 않다. 경상도 남자 특유의 강한 억양 탓이라 핑계를 대지만 그것보다는 천성이 괄괄한 탓이다.

오해를 받고, 질책을 당하는 마음이 어찌 편할 리 있겠는가. 하늘의 뜻을 안다는 '지천명(知天命)'을 한참이나 지났건만 말과 행동을 고치기가 쉽지가 않다. 가슴이 답답해진다. 그래도 옛사람이 일컫기를 "사람을 이롭게 하는 말은 따뜻하기가 솜과 같고, 사람을 상하게 하는 말은 날카롭기가 가시와 같다."라고 했으니 조심하고, 또 삼가리라 다짐해 본다.

4
별이 된 친구를 그리며

술

불금. 어수선한 발자국. 고주망태가 된 아들이 화장실 바닥에 퍼질러 앉았다. 변기를 붙잡고 몸을 들썩인다. 백지장 같은 얼굴로 거친 숨을 토해내고 있다.

내가 처음으로 술을 마셨던 때도 지금의 아들 나이쯤이다. 여섯 명의 친구가 차례로 입대하면서 술을 마시기 시작한 것 같다. 아쉬운 밤, 보내는 맘을 소주잔에 담았다. 홍합 삶은 국물과 먹장어 구이를 안주 삼았지만 두어 잔의 소주에 손을 들고 말았다. 하늘이 발밑으로 기어들었다. 땅이 불쑥 솟아오르더니 가슴 위에 앉았다. 저만치서 달려온 전봇대가 머리를 세차게 후려쳤다. 낙타 등처럼 커다란 혹이 솟아도 아픈 줄 몰랐다. 밤새도록 변기와 씨름을 했다. 낯빛이 가부키 배우보다 더 하얗게 변했던 적이 있었다.

이등병 때는 선임이 내미는 소주잔에 정신을 잃었다. 한 잔을 세 번에 걸쳐 나눠 마셨는데도 기다시피 화장실을 찾았다. 친구와 마신 네댓 잔의 막걸리에 인사불성이 되었다. 차 안을 오물로 더럽히고 말았다.

술은 신이 내려 준 묘약이라 육신의 피곤함을 잊게 만드는지도 모른다. 시험에 떨어졌을 때는 위로의 명약이 되고, 승진이나 수상 뒤에 마시는 술은 동네를 떠들썩하게 만드는 신통방통한 음식이 된다. 실연의 아픔을 잊게 하고, 가족과의 갈등을 씻어준다. 상사로부터 받은 스트레스가 해소된다. 내 안의 분노와 슬픔을 녹이는 신약이 되지만 지나치게 가까이하면 뱀처럼 온몸을 휘감으며 서서히 숨통을 조이는 독약이 된다. '과유불급(過猶不及)'이라는 말은 술을 두고 하는 말이다. 조심하고 또 조심해야 한다고 열변을 토해 보지만 현실은 언제나 교과서와 일치하지 않는다. 처신은 각자가 알아서 할 일이다.

조직에서, 직장에서 술을 마다하면 낙오자가 된다. 은근하게 따돌림을 당하여 외톨이가 된다. 소주, 맥주, 양주를 가리지 않아야 하고, 때와 장소, 시간, 분위기에도 구애받지 않아야 한다. 카페에서 막걸리를 마시고, 포장마차나 똥파리가 유영하는 무허가 구멍가게 평상에 앉아서도 포도주잔을 들 수 있어야 한다.

술을 많이 마시건, 적게 마시건 내가 관여할 바 아니나 술을 잘 마셔야 살아남을 수 있는 세상이 된 지는 이미 오래다. 술을 요령

껏 마신다는 것은 조직에 잘 적응하는 것이다. 상사를 잘 받들어 모시는 것이고, 동료와는 화합하는 것이고, 후배를 잘 이끄는 행동으로 여긴다. 많이 마시고, 자주 마시는 사람이 일 잘하는 사람이라 여기니 노상에서 얼어 죽든 심장마비로 비명횡사를 할지라도 거부해서는 안 되는 것이 술이다.

그깟, 업무가 뭐 그리 대단한 것이랴. 일이야 내가 아니더라도 누군가가 대신할 수 있지만, 상사의 비위를 맞춰가며 술맛이 나게 하는 것은 결코 쉬운 일이 아니다. 술은 일찍 배울수록 상사의 마음을 빠르게 읽을 수 있고, 눈치껏 대처할 수 있다. 중학교를 졸업할 무렵이면 소주 반병은 "마파람에 게 눈 감추듯" 해치워야 하고, 대학수학능력시험이 끝나면 두어 병의 소주는 눈도 깜짝하지 않고 마셔야 상사의 술친구가 될 수 있다.

집에서 마시는 술은 맛이 없는 법이다. 지저분해도 술집에서 마셔야 멋이 있고, 나이가 많아도 여자가 따라야 제격이라고 말들을 한다. '뻥' 하고 맥주 뚜껑을 하늘로 날려버린 후에는 잔을 권해야 한다. 권력자가 내미는 잔을 거부하면 평생 돌이킬 수 없는 죄를 짓는 것이니 '괘씸죄'가 그것이다. 머뭇거리거나 다른 사람에게 대신 마시게 한다면 상종할 수 없는 사람이 된다. 주면 마시고, 마셨으면 즉시 권해야 주도를 아는 사람이다. '카~' 하는 감탄사는 금물이다. 말술을 마다하지 않아야 한다. 위장이나 심장의 비명쯤은 무시할 줄 알아야 주당의 반열에 드는 것이다.

상사는 애당초 부하의 연약한 위나 간에는 관심이 없다. 역류성 식도염이나 위궤양, 위축성 위염, 장상피화생도 남의 일이다. 오로지 자신의 흥을 위해 취해야 하고, 분위기를 이끌기를 바랄 뿐이다. 폭탄주 제조를 명할 때까지 기다리면 눈치 없는 부하다. 몸을 가눌 수 없을 정도로 취했다면 침묵하는 것이 상책이다. 상사의 풀어진 눈과 귀는 어수룩하게 보일지라도 매의 눈으로 나의 행동을 살피고 있다. 입에서 튀어나오는 낱말들을 낱낱이 기억하고 되씹어 보면서 무한히 넓은 뇌라는 저장 공간에 차곡차곡 채워 넣는다는 사실을 잊지 않아야 한다.

몇 번의 파도타기를 마쳤다면 우리는 이미 남이 아니다. 생사를 함께하는 전우요, 동지로 바뀌어야 한다. 과장님, 부장님은 형님, 큰형님으로 바꿔 불러야 하나 지존에게까지 형님으로 불렀다가는 크게 봉변을 당할 수 있다. 아무리 독한 술을 동이 채로 마시고, 정신을 놓았기로서니 최고 권력자의 심기를 건드리는 언사는 잠자는 사자의 수염을 뽑는 격이다. 마음에 비밀이 있으면 진정한 형님으로 인정하지 않는 것이 된다. 말하기 어려운 사연 한가지쯤 슬며시 풀어 놓으며 해결 방법을 물어야 한다. 답을 내려주면 그대로 실천해야 좋은 아우다. 내 인생을 의탁하는 것은 무엇보다 믿음이 가는 행동임을 잊지 말아야 한다.

비밀스러운 이야기, 비중이 무거운 안건일수록 타이밍이 중요하다. 숙취가 심한 다음 날이나 사모님에게 바가지라도 긁혔다고 생각되는 날이면 결재서류를 책상 속 깊숙이 밀어 넣고 고양이가 쥐를 노려보듯 호시탐탐 기회를 살펴야 한다. 그저, 늠름하게 술을 마시다 상사의 얼굴이 붉어지거나 말이 많아질 때, 아니면 "김 대리, 술 한 잔 따라봐" 하고 혀가 꼬부라질 때 슬며시 끄집어낼 수 있어야 산전수전에 공중전까지 겪은 유능한 사원이라 할 수 있다. 장래가 촉망된다는 것은 바로 이런 사람을 두고 하는 말이다.

계산은 언제나 부하의 몫이다. "내가 계산할게."라는 상사의 말은 곧 나를 시험에 들게 하는 것임을 명심해야 한다. 신발 끈을 고쳐 매거나, 옷매무새를 다듬기 위해 거울 앞에 서거나 혹은 계산대 앞에서 미적거리는 순간, 지금까지의 충성스러운 행동은 한순간에 물거품으로 변한다. 당장에 삼수갑산을 가고, 내일 아침에 맹물을 끓여 배를 채울지언정 카드를 꺼내며 큰소리쳐야 통이 큰 사람이 된다.

큰일이다. 세상을 잘못 살았다. 나이 육십을 바라보는 지금까지도 거나하게 벌어진 술판이 겁나고, 술 권하는 상사가 두렵다. 짝짝 찢어지어 내 몸이 없어지고, 어느 가난한 시인의 안주가 되어도 좋다던 가곡 「명태」를 마주한 채 한 사발의 막걸리로 울분을 달래는 나는 바보다.

아들만은 나를 닮지 않아야 할 텐데. 걱정이 두려움을 낳는다.

아프지만 아름다운 날들의 기억

성 선 경(시인)

　나무의 나이테는 나무가 살아온 기억의 집이다. 사람에게도 나이
테처럼 살아온 날들의 기억이 몸에 새겨진다고 한다. 어떻게 살아
왔는지에 대한 기억이 뼈와 살에 새겨진다고 한다. 그러나 생각해
보면 어떻게 뼈와 살에만 새겨지겠는가? 머리와 마음에 더 세세한
나이테가 기록되고 차곡차곡 쌓일 것이다.

　서영수 수필가의 수필집 『빨간 기와집 가족들』은 이런 아프지만
아름다운 날들의 기억들로 채워져 있다. 특이할 점들은 이런 아픈
기억들을 아름다운 노래들로 재생되고 다시 그 아픔이 아름다운 날
들로 승화되고 있다는 점에서 그의 따뜻한 심성을 느낄 수 있다.

　아픔이 아픔으로만 기억된다면 그것은 상처일 뿐이지만 그것이
그의 따뜻한 심성으로 아름답게 기억되고 회상될 때 이 기억은 나

무의 나이테처럼 아름다운 무늬로 우리에게 비칠 것이다. 나는 그의 수필을 읽으며 그의 몸과 마음에 그려진 아름다운 나이테를 읽었다.

 "돌이켜보면 초등학교에 입학하기 전부터 쑥을 뜯었던 것 같다. 칼을 들고 밑둥치를 자른 것이 아니라 손톱으로 당기듯이 뿌리를 잘랐으니 쑥을 뜯었다고 표현하는 것이 알맞지 싶다. 메추라기 길섶에서 졸고, 솔개가 하늘을 맴돌며 눈을 부라릴 때도 쑥 캐는 일을 멈추지 않았다. 천식으로 고생하시던 아버지의 거친 숨소리와 완행열차의 가랑가랑한 쇳소리를 버무린 기적소리가 노을 속으로 사라질 때도 쑥을 뜯었으니 나의 쑥 사랑은 유별난 것이었다. ……(중략)……
 쑥은 보약의 기능도 있었다. 초등학교에 다니던 시절, 나는 일 년에 한두 번씩 심한 몸살을 앓았다. 봄이 오는 길목마다 밥을 먹지 못했다. 아무런 이유도 없이 힘이 없고, 나른하여 밥 한술 넘기는 것이 고역이었다. 어떤 때에는 삼사일씩 자리에 누워서 지내기도 했다. 그 모습을 보다 못한 어머니는 들판에 아무렇게나 자란 쑥을 한 아름 짓이겨 즙을 만들어 들이미셨다. 한약 냄새를 풍기는 쑥물은 입에 가져가기도 전에 기가 질리게 했다. 애절한 눈빛과 간곡한 말씀을 차마 거역할 수 없어 두 눈을 질끈 감고 쑥물을 들이키면 언제 그랬나 싶게 입맛이 돌았다." ─〈쑥 캐는 봄날의 오후〉(부분)

서영수 수필가의 아프지만 아름다운 날들의 기억들 속에서 가장 자주 회상되는 부분은 어머니에 대한 기억이다. 누구에게나 어머니는 모든 기억의 절반을 넘어서는 절대적인 것이지만 서영수 수필가의 작품에서는 그 빈도가 보편을 넘어선다. 그의 작품에서 기억 대부분이 어머니에 대한 회상으로 뼈대를 이루고 있다. 그의 작품 대부분에서 회상의 매체를 끌어내는 것이 어머니에 대한 추억이고 그 마무리는 음악으로 귀결된다. 다음 작품을 보자.

  "돌이켜 보면 어머니의 삶은 끝없는 한의 연속이었다. 세상 물정 모르던 꽃다운 나이에 철없는 남편을 만나 밤마다 가슴앓이하며 지새야 했다. 곧이어 터진 6·25 한국전쟁은 피난살이의 서러움을 안겨주었다. 국화꽃보다 더 고왔던 얼굴은 마녀의 시샘을 받았던지 적군이 묻어놓은 지뢰를 밟은 탓에 얼굴과 팔, 허벅지 살을 한 주먹씩이나 떨어뜨리며 삶과 죽음의 경계를 넘나들어야 했다. 머리에 박힌 파편으로 인해 들국화가 만발한 들판을 피로 적셨으니 그 아픔이 어떠했을지는 상상조차 할 수 없다.

  국화꽃만큼이나 예쁘고 싶은 여인의 마음을 남편인들 알았을까. 자식이라 한들 짐작이나 할 수 있었을까. 허기지고, 심약해진 탓에 달빛이 홀연히 내릴 때면 오두막 옆 보리밭을 넋 나간 사람처럼 헤매고 다닌 적이 한두 번이 아니었다. 밖으로만 돌았던 남편 탓에 어린 자식의 허기를 면하게 하는 일도 벗어 버릴 수 없는 멍에였다. 무겁디무거운 젓갈 동이를 이고 골목골목을 외치며 절망을 희망으로 바꾸어야 했으니 양어깨를 짓누른 삶의 무게는 신의 저울만이 가늠할 수 있을 것이다.

오늘, 국화 옆에서 십수 년이라는 긴 긴 세월 동안 중풍이라는 몹쓸 병으로 고통받으셨던 어머니를 생각하니 지난날의 회한이 가슴을 친다. 가슴 가득한 설움을 훌훌 털어버리지 못하고 떠나가신 어머니가 새삼스럽게 그리운 것이다. 잘못을 빌고 또 빌었던 탓에 어머니께서는 마음을 돌리셨지만 돌이켜보니 벌써 40년도 훨씬 지난 세월이 되고 말았다." -〈국화 옆에서〉(부분)

창호지를 붙이던 어린 어느 날 어머니께 지청구하고서는 가슴에 맺힌 한스러움을 토로하는 수필이다. 40년도 훌쩍 지난 과거의 이 이야기를 시작하는 지점도 어머니로부터이며 끝맺음도 어머니에 대한 반성으로 마무리된다.

서영수의 수필에서 또 하나 중요한 특징은 이러한 회상의 매개가 되는 매개체는 음악이다. 이 수필 역시 그러하다. 서정주 작시, 이호섭 작곡의 「국화 옆에서」를 들으며 회상에 잠기기도 하고 회한의 마음을 풀기도 한다.

서영수 수필가는 음악 교사로 30년을 넘게 근무했다. 음악은 그의 생활이자 일상이다. 그래서 많은 수필이 음악을 매개로 하여 창작되고, 음악을 매개로 하여 뼈대에 살을 붙이고 근육을 형성한다.

이러한 점이 서영수 수필가의 또 다른 한 특징이기도 하다. 이러한 특징은 그의 수필 대부분의 작품에서 상견되며, 따뜻한 결론으로 매듭지어지게 되는 한 정형으로 형성되어 있다.

"음표와 콩나물을 지나치게 아껴 사용하면 의미가 절반으로 줄어들 가능성이 있다. 많은 친구와 한바탕 어우러져 몸을 부대끼며 함성을 지를 때 비로소 가락이 되고, 화성이 된다. 내 음악의 의미가 되고, 예술이 되고, 사상이 되는 것이다. 콩나물도 한 무더기가 되었을 때 나물이 되고, 국이 되어 식탁에 오르는 영광을 누릴 수 있다. 상생의 맛을 낼 수 있는 것이다."

"소주라도 한잔 마시고 난 다음 날에는 얼큰한 콩나물국이 보약이요, 음표로 만든 음악이 치료 약이다. 쪽파를 자잘하게 썰어 넣고, 붉은 고추의 알싸한 맛을 더하노라면 답답하고 쓰리던 위장이 편안해진다. 텁텁하여 아무것도 먹을 수 없을 것만 같던 입안을 개운하게 만든다. 콩나물무침은 어린 시절부터 좋아하는 반찬이다. 박, 고사리, 버섯, 당근, 미나리 등을 넣은 나물에 달걀과 고추장, 참기름을 넣어 뜨거운 밥에 쓱쓱 비벼 먹으면 별미 중의 별미가 된다. 마음이 서글프거나 답답할 때 경쾌한 음악이 내 마음을 위로해주듯이 콩나물은 늘 내 가까이서 성찬이 되어 기쁨을 안겨주는 것이다."

-〈음표와 콩나물〉(부분)

　서영수 수필가는 이렇듯 좋아하는 음표와 콩나물을 지나치면 모자람만 못함을 토로하고 있다. "양념이 지나치면 콩나물의 참맛을 느낄 수 없다. 음표도 지나치게 많이 사용하면 음향이 번잡해진다. 반면에 너무 적게 사용하여 음향이 부실하면 음에서 우러나오는 고상함과 웅장함, 신비스러운 맛을 잃게 된다."라고 토로하며 스스로를 경계하고 있다.

　가장 사랑하고 좋아하는 것도 아낄 줄 아는 마음이야말로 음악을 하는 사람의 마음이며 글을 쓰는 사람의 마음일 것이다. 그는 또 "콩나물은 여전히 내가 좋아하는 반찬이고, 음표는 내가 살아가는 이유다."라고 토로하며, "콩나물을 닮은 음표로 음악을 요리하는 순간이 가장 즐거운 시간"임을 밝히고 있다.

　내가 아는 많은 음악인이 음표를 콩나물로 비유하는 것을 비하의 의미로 생각하여 꺼리며 듣기 싫어하는 것을 자주 보아온 터이다. 그런데 서영수 수필가는 스스로 음표와 콩나물을 비교하며 얼마나 닮은꼴인지를 설명하고 이 둘을 하나로 엮어 사랑을 표현하고 있다.

　글이란 생각을 표현하고 자신의 가치관을 내보이는 마음의 창구라 할 때 서영수 수필가의 이런 태도는 마음이 얼마나 열려있는지 마음 열림이 엿보이게 된다.

　"한옥에 살았다. 주황색 기와로 이은 낡은 집이었으나 사람들은 빨간 기와집이라 불렀다. 널따란 마당에는 색색의 꽃들이 무지개를 피워냈다. 무시로 드나드는 이웃들의 수다는 시나위의 향연보다 더욱 다채로웠다.

기와집의 주인은 어머니보다 연세가 많았다. 뽀얀 얼굴은 분을 바르지 않아도 기품이 넘쳤다. 말수가 적은 탓에 선뜻 다가서지 못할 엄숙함을 풍겼다. 일제 강점기와 한국전쟁을 겪으면서 굳어진 모습이라고 했다. 어른들의 어깨너머로 설핏 들은 이야기다.

주인집 안방에는 14인치 남짓한 흑백텔레비전이 있었다. 마음이 있어도 아무나 가질 수 없는 물건이었다. 텔레비전 수상기는 방안에서나 볼 수 있을 정도로 화면이 작았다. 음향도 귀를 기울여야 겨우 들을 수 있을 정도였지만, 미지의 세계를 탐험할 수 있는 유일한 수단이었다."-〈빨간 기와집 가족들〉(부분)

베이비부머세대의 대부분은 셋빙살이의 경험이 있다. 빨간 벽돌집의 주인이 되는 것이 꿈인 사람들도 상당수를 보았다. 나에게도 빨간 벽돌집이 로망이던 시절이 있었다. 그런데 작가는 여러 가구가 함께 세 들어 살던 그 빨간 기와집의 추억을 '가족'이란 표현으로 끌어안으며 담담히 토로한다.

주인집 안방에 있던 텔레비전을 얻어 보기 위해 마당을 서성거리던 까까머리의 기억도 아름다운 수채화처럼 펼쳐진다. 아픔도 상처도 모두 휘발하고 아름다움만 남았다. 다양한 군상들이 한 집에 뒤엉켜 살다 보면 늘 있게 마련인 아귀다툼도 말간 수채화로 그려진다.

30여 년을 같은 학교에서 동료 교사로 지내온 나는 서영수 수필가가 찌던 얼굴을 보이던 기억이 없다. 늘 단정한 차림과 부드러운 얼굴로 동료들을 대했다. 이것이 그의 종교에 의한 힘이었는지, 수양의 힘이었는지는 모르겠으나 그는 늘 겸손했고 푸근하고 긍정적이었다. 이러한 그의 태도가 작품 곳곳에 드러난다. 다음 작품을 보자.

"섣달그믐이 가까워지면 생각나는 사람이 있다. 낡고 구겨진 지폐 한 장에 얽힌 성가대 어머니다. ······(중략)······

무학산을 미끄럼 타듯 내려온 모래바람이 얼굴을 할퀴었다. 눈을 뜨기가 쉽지 않았다. 가뜩이나 구부린 허리를 더욱 숙여 걸었지만, 하루가 다르게 발전하는 성가대만 생각하면 북풍한설쯤은 아무것도 아니었다. 이때였다. 길모퉁이를 돌아서는 귓바퀴를 타고 나지막한 여자의 음성이 들렸다.

"지휘자 선생님"

야심한 시간에 나를 부르는 사람은 누굴까. 수녀님은 이미 수녀원에서 휴식을 취하고 있을 시간이었다. 성가대원이라고 해도 따뜻한 아랫목에서 등을 지지고 있을 시간이었기에 긴장이 되었다. 호기심을 안고 소리 나는 방향으로 고개를 돌렸다. 어둠 속에서 중년의 여인이 시린 손을 비비며 초조한 낯빛을 하고 있었다. 베로니카라는 세례명을 가진 어머니였다. ······(중략)······

그녀는 쉬 말문을 열지 못했다. 미안한 마음을 전하거나 부탁 같은 것을 할 때 짓는 표정을 하고 발을 동동거렸다. 그런 그녀가 내 앞으로 바짝 다가서더니 얼음같이 차가운 손을 내밀어 살며시 손을 잡는 것이었다.

"우째 이리 날씨가 매섭습니꺼. 택시 타고 가이소."

부끄러운 듯이 지폐 한 장을 내밀었다. 낡고 구겨진 1,000원짜리 한 장을 보자 눈물이 핑 돌았다. 정신이 아뜩해졌다. 성당에서 그리 멀지 않은 회산다리 부근에서 노점상을 하는 까닭에 여윳돈이 있을 리 만무한 분이셨다. ……(중략)……

몇 번이나 손사래를 치며 사양했다. 지폐를 다시 돌려 드리려 애썼지만, 한사코 받아야 한다며 억지를 부리셨다. 그래야 당신의 마음이 편하다는 말씀에 끝까지 거절할 수가 없었다."-〈지폐 한 장〉(부분)

30여 년 전 섣달그믐날 밤의 일이었다고 한다. 가난한 성가대 지휘자와 가난한 성가대 아주머니의 따뜻한 마음 나눔이 동화처럼 그려진다. 수필을 자기 성찰의 문학이라 했을 때 서영수 수필가의 마음자리가 한눈에 읽히고도 남음이 있다.

이 지폐 한 장이면 집에까지 가는 택시를 타고도 자투리가 남을 돈이지만 차마 사용하지 못하고 호주머니 속에 넣어 다니며 푸근해했을 그의 마음이 30여 년이 지난 지금에도 전해진다.

"성가대 지휘자를 수락하면서 보수를 받지 않기로 약속했던" 기억과 "성모님을 알현할 때마다 1원짜리 하나도 욕심내지 않으리라 다짐" 했던 기억들을 떠올리면서 자책도 하고 그 마음의 따스함에 감격도 했을 그의 모습이 주마등처럼 그려진다. 이것이 그가 취하는 마음의 세계이며 수필의 세계이다.

이러한 삶을 살아왔고 또 살고 있는 작가의 또 다른 바람은 무엇일까? 다음 수필을 읽어보자. 무심의 세계로 가는 길이 여기에 있지 않나 생각된다.

"예순 살을 맞이한 첫 아침을 생각한다. 그날은 헨델의 「하프협주곡 내림나장조」 작품 4~6을 들으며 눈뜨고 싶다. 보케리니의 「현악 5중주곡 마장조」 작품 11~5 제3악장 '미뉴에트'를 들어도 좋지 않을까. 시금털털하게 변해버린 마음을 상큼하게 빚어 보고 싶은 바람인 것이다.

나이가 들면 불같은 성격이 무뎌져야 하는 법이다. 남을 지배하고자 하는 욕망과 돈에 대한 집착도 스스로 내려놓아야 한다. 이 시기가 되면 무엇을 하고 싶은 불타는 열망도 누그러뜨리며 무덤덤하게 받아들일 수 있어야 욕을 먹지 않는다. 번잡한 생각은 단순하게 만들고, 강한 것보다 여린 것으로 옮겨야 자연의 순리에 순응하는 것이 된다. 나에게는 아직도 그런 마음이 자리할 틈이 있어 보이지 않는다. 예순을 코앞에 두고 있는 지금도 여전히 올곧은 마음씨를 가진 사람이 좋고, 튼튼한 골격을 가진 음악이 가슴을 고동치

게 한다."-〈예순 살의 음악은〉(부분)

예순 살에 대한 바람이 이렇다. "물과 같이 도는 공기같이 무색, 무취, 무미한 멋으로" 변해가고 싶고, 그렇게 늙고 싶다. 예순이 코 앞인 지금 "기름진 고기보다 옛날에 먹던 강된장이 그립고, 비지장이" 그립다.

모든 형식의 글 중에서 마음자리가 가장 잘 드러나는 형식이 수필이라는 양식이다. 수필의 세계는 곧 그 마음의 자취를 새기는 양식이라 볼 수 있다. 그러므로 수필에서는 그 마음자리를 숨기려야 숨길 수도 없고 꾸며 보이려 해도 환하게 그 마음의 자취가 드러나게 마련이다. 그래서 수필의 마음자리의 글이다.

그는 자기의 수필집 서문에 이렇게 썼다. "코끝이 찡한 수필 한 편 남기려 애를 쓴다. 찔끔찔끔 눈물을 흘리면서도, 한편으로는 슬며시 미소가 지어지는 작품 말이다. 그것이 어찌 쉬운 일일까마는 북산에 살던 '우공(愚公)'의 가르침을 본받고 있다. 봉래(蓬萊) 선생이 던져준 시조 한 수를 외우며 각오를 새롭게 다진다." 이렇듯 서영수 수필가에서 예순은 이미 이 자리에 와있다. 이순(耳順)은 말 그대로 어떤 말을 들어도 이해가 되는 나이다. 그것이 예순이다.

공자님의 견해로는 60세가 되면 귀로 들었을 때 그 뜻을 마음으로 알아채고 거스름이 없는 경지로 귀가 순해져서 사사로운 감정에 얽매이지 않고 모든 말을 객관적으로 듣고 이해할 수 있는 나이쯤으로 이순(耳順)을 설파(說破)하셨다.

서영수의 수필을 읽으면서 내가 느낀 그의 마음자리는 이러하다. 삶이란 어쩔 수 없이 밥 먹고 부대끼면서 살아가야 하지만 서영수 수필가가 닿고자 하는 세계는 지금의 세속을 넘어 무욕의 세계에 닿고자 하는 것이다. 그리움은 한이 없고 다정이 병 인양하여 마음을 흔들지만, 그가 닿고자 하는 세계는 세속의 질박을 넘어 물처럼 흐르고 구름처럼 흩어지는 자연의 세계다.

그는 남들이 다 가닿고자 하는 관리자의 명예도 내려놓고 예순을 코앞에 두고 30여 년의 교직 생활을 내려놓았다. 그리고 그 끝에 턱 하니 내 앞에 이 수필집 원고를 던져주고 읽어보라 청한다.

내가 일별한 서영수의 마음 세계는 이미 이순(耳順)에 가 닿았다. 무슨 말을 들어도 이해가 되고 어떤 말을 들어도 거슬리지 않으리라. 더 무엇을 더하고 더 무엇을 보태랴. 쓸데없이 중언부언(重言復言), 읽어본 마음의 그림자를 남긴다.

무위이화(無爲而化)라. 애써 힘들이지 않아도 그의 마음은 저절로 변화하여 잘 이루어지리라. 음악이 사람의 마음을 위로하듯 그의 수필도 많은 사람의 마음에 위안을 줄 터이다. 세상을 어떻게 보아야 하는지, 세상을 어떻게 끌어안아야 하는지, 고운 멜로디가 햇살처럼 퍼진다. 햇살 맑은 날을 골라 그와 따뜻한 차나 한잔 나누고 싶다.

수우당 수필선 001

빨간 기와집 가족들

2019년 5월 30일 초판 인쇄

지은이 | 서영수
펴낸이 | 서성보
펴낸곳 | 도서출판 수우당
디자인 | 대림기획
주 소 | 51516 창원시 성산구 외동반림로 126번길 50
전 화 | 055-263-7365
팩 스 | 055-283-8365
이메일 | dlp1482@hanmail.net
출판등록 | 제567-2018-7호(2018.2.12)

ISBN 979-11-965667-2-2-03810

값 13,000원